나는 너의 불안이
길지 않았으면 좋겠어

사랑과 사람으로부터 상처받은 당신에게   윤글 에세이

나는 너의 불안이 길지 않았으면 좋겠어.
사람 때문에 다치지도,
사랑 때문에 아프지도,
상황 때문에 외롭지도,
감정 때문에 위태롭지도 않았으면 좋겠어.
그렇게 잘 지내기를.

작가의 말

우리는 살아가면서 다양한 사랑을 하게 됩니다. 그리고 세상에 영원한 것은 없기에 다양한 이별도 하게 됩니다. 그런 과정을 통해서 우리의 마음은 점점 무르익어 갑니다.

나는 가슴 아픈 사랑을 끝마치고 그리운 마음 하나 품고서 먼 밤을 외로이 걸어왔습니다. 어쩌면 지난날 나의 발자국이 오늘날 당신의 발걸음을 꽤나 닮았을지도 모르겠습니다. 행여나 당신이 호흡하는 새벽이 내가 숨 쉬었던 아픔과 같다면, 떨리는 마음과 떨어지는 눈물이 고요히 그 움직임을 멈춘 시간과 자리에서 남겨진 모든 감정을 당신과 함께 묵묵히 감당해 내고 싶은 마음입니다. 다른 것을 바라지는 않겠습니다. 당신과 나의 안온만 빼고. 우리, 잘 지내자는 말입니다. 사랑도, 이별도 잘 하면서.

프롤로그

밤은 깊어 가는데 잠은 늦기만 하다. 여태 돌아오지 않는 것은 졸음이 다가 아니다. 한때 익숙했더라도 이제는 어색해진 밤하늘에 사연이 담긴 한숨을 내뱉는다. 연기처럼 흩어지고 이내 사라지는 것들.

간절하고 애절한 마음으로 오래 기다리면 오려나. 외려 의식하고 있는 나를 멀리 피해 가지는 않으려나. 일방적인 기다림에는 여러 모양의 생각들이 한창이다. 어차피 시간을 다하면 생기를 잃고 이울어 바닥으로 떨어질 것들일 텐데 제법 열심히도 피어 있다. 그렇게 오늘도 무너지는 세상에서 적막한 시간을 홀로 견디며 너와 내가 우리였었던 날들로부터 찬찬히 무디어지는 중이다.

사람아, 적으면 적을수록 번지기만 하는 사람아. 지금의 나는 괜찮으니, 부디 잠을 따라서 이리로 오지 말고 아름답고 애틋한 시간 속, 그때 그곳에서 지난날의 나와 함께 오래오래 있으려무나.
그날의 나만은 외롭고 아프지 않도록.

| 차례 |

1장
나는 아주 사랑했고,
: 너를 사랑했던 나의 모든 순간

2장
나는 제법 미워했고,
: 나를 잃어 가며 너를 미워했던 지난 시간

3장
나는 자주 그리워했고,
: 너를 그리워했던 숱한 밤

4장
나는 끝내 무디어졌다.
: 너로부터 무너지고 끝내 무디어진 나

1장
나는 아주 사랑했고,

: 너를 사랑했던 나의 모든 순간

사랑한다는 것

우리의 마음이 계절이었다면 너를 사랑하는 일은 봄이었어. 오랜 시간을 얼어 있었던 나의 마음이 서서히 녹기 시작해 예전의 온기를 되찾았고 비로소 너를 만나 나의 아픔은 감동과 안심의 눈물로 녹아내렸지. 그리고 곳곳에 아기자기한 감정들이 수줍게 피어나기 시작했어. 우리는 그것들을 사랑이라고 불렀지. 이름만큼이나 아름답고 예뻤어. 어느 때보다 진심이었으니까. 그런 설레는 시간을 너와 차근차근 호흡할 수 있어서 더없이 행복했어. 화창한 날씨, 적당한 온도 그리고 향긋한 내음까지. 만약에 천국이 있다면 그곳은 너의 곁인 것만 같았고 나는 네가 만든 낙원에서 영원히 살기를 소망했어.

그렇지만 언제나 행복할 수 있었던 것은 아니었어. 아이러니하게도, 우리는 사랑이라는 이유로 자주 다투기도 했고 나는 같은 모

나는 아주 사랑했고,

양이지만 다른 의미의 눈물을 흘리곤 했지. 사소한 일에 기분이 상해서 쓸데없는 자존심을 부리다가 마음에도 없는 말과 행동을 했던 적도 있었고 가끔가다 너와 크게 다툰 날이면 이대로 헤어지지는 않을까 불안해했던 적도 있었어. 사랑이 머물렀던 자리에는 어쩔 수 없이 후회가 남는 것 같아. 왜 항상 나는 미련이 남는 사랑을 해야만 했는지.

흔히 사람들은 '봄'하면 따뜻함을 떠올리곤 하잖아. 그런데 사실 봄은 겨울만큼이나 춥고 시린 계절이기도 하거든. 어쩌면 사랑은 그런 것이 아닐까. 마냥 다정하고 좋을 것 같으면서도 사실은 이별만큼이나 아픈 것. 어느 봄날의 꽃샘추위처럼 말이야.

운명이 될 뻔했지만

　나는 외로움을 많이 타는 사람이라 혼자서 남겨졌을 때의 공허함을 너무 싫어했어. 그렇다고 해서 여기저기 가볍게 깊은 마음까지 주고 다니지는 않았지만, 어렵지 않게 사람을 좋아하곤 했지. 그래서인지 내면 구석구석에 남들에게 미처 말하지 못한 상처도 많았고 그만큼 홀로 속도 많이 태웠어.

　그러던 중 너를 만났어. 너는 그동안 내가 만났던 다른 사람들과는 많이 달라 보였어. 정말 내 사람인 것 같았고 나에게 조금의 상처도 주지 않을 것만 같았어. 아니, 솔직하게 말하자면, 너만은 정말 그러하기를 바랐어. 변화는 있을 수 있어도 변함은 없기를 원했어. 또다시 사랑과 사람 때문에 마음을 다치는 것이 생각만으로도 너무 두렵고 무서웠거든.

　다행히 너와의 시작은 정말 순조로웠어. 사소한 점까지 닮고

통하는 것이 많았으니까. 말썽인 부분이 하나도 없어서 불안할 정도였어. 그래서 나는 네가 정말 나의 운명인 줄만 알았어. 드디어 기다리고 기다리던 내 사람을 만났다고 생각했어. 그러나 우리는 일 년 반을 사랑했고, 나는 혼자서 일 년 반을 넘게 아파했어.

　사랑했던 사람을 미워하려는 것이 이리도 아픈 일이었나. 채웠던 마음을 비우려는 것이 이다지도 힘든 일이었나. 마침표가 난무하는 감정에 고작 점 하나가 늘었을 뿐인데 뭐가 이렇게 유별나게 쓰라린 것인지. 그렇게 티도 크게 나지 않을 텐데 말이야.

　너는 요새도 가끔 불쑥 나타나 나의 머릿속과 마음속을 어지럽히곤 해. 나는 그런 너를 제발 미워할 수 있기를 애타게 바라고 있어. 우리의 상황이 그렇잖아. 여러 우연을 거쳐 인연인 듯했으나, 그저 조금 더 가깝게 사랑했었던 사람으로 남았을 뿐이니까.

위로가 필요했던 거였어

혹시 그때 기억해? 우리 300일이 조금 지났을 때 말이야. 자정을 살짝 넘겨서 내가 집 앞 벤치에 혼자 앉아 있다고 전화를 했었잖아. 그날 너무 속상한 일이 있었다고 하면서 말이야. 가장 먼저 생각나는 사람이 너였기에 답답한 마음을 잠시 뒤로하고 반가운 네 목소리를 찾은 거였어. 그러고서 종일 속에 고여 있었던 이야기를 꺼내며 괜한 투정을 부렸잖아. 그런 나에게 너는 나를 위하는 말이라면서 지극히 현실적인 조언들만 늘어놓았지. 그런데 왠지 그냥 그런 너의 모습이 차갑고 섭섭하게만 느껴졌어.

사실, 문제에 대한 답은 나도 알고 있는데, 어떻게 해야 할지 누구보다 잘 알고 있는데. 나는 너에게 조언을 바랐던 게 아니라 위로를 바랐던 거였어. 당시에 심적으로 그 누구보다 가장 가까이에 있는 사람이 너였으니까. 그만큼 믿고 의지할 수 있는 사람이

나는 아주 사랑했고,

바로 너였으니까. 그냥 나는 공감이면 충분했던 건데, 단지 이 세상에도 나의 편이 있고 그게 너라는 느낌을 받고 싶었던 건데. 너는 그걸 모르더라. 바보처럼.

공감을 잘하는 방법

하나, 가진 편견을 버릴 것.

둘, 처음부터 너무 깊게 다가가지 않을 것.

셋, 생각의 속력과 방향을 맞출 것.

넷, 대화에 답을 내려고 하지 않을 것.

다섯, 맞장구를 쳐 줄 것.

여섯, 경청하고 마음으로 안아줄 것.

일곱, 괜찮다고 말해줄 것.

나는 아주 사랑했고,

나도 나를 이해하기 힘든 날

오늘 새벽도 어지럽다. 나는 요새 너 때문에 물보다 술을 더 많이 마시는 것 같아. 그래서 몸도 마음도 많이 상했어. 그런데 정말 어이가 없는 것은 여전히 나를 이렇게 만든 네가 밉지 않다는 거야. 이렇게나 망가지고서도 네가 그립고 보고 싶다는 거야. 도대체 얼마나 더 만신창이가 되어야 나를 엉망으로 만든 너를 증오할 수 있을까. 애초에 나는 너를 지울 수 있는 사람이긴 할까.

어딘가로 끝없이 빠지고 쉴 새 없이 떨어지는 기분이야. 네가 내 마음에 만들어 놓은 공백과 공허의 끝을 가늠할 수조차 없어서 겁이 나. 분명히 나를 감싸고 있는데 눈에 보이지도 않는 이별이라서 제대로 된 저항 한번 하지 못하고 날마다 아픈 시간 속에서 너와 헤어져야만 하는 내가 너무 가엽고 불쌍해.

도대체 나는 네가 없는 매일을 어떻게 살아 내야 해. 같은 헤어짐을 되풀이한다고 해도, 마음에서 채 아물지 못한 상처가 더 심하게 덧난다고 해도, 이 아린 이별의 시작이 너라면 나는 몇 번이고 괜찮은데. 정말 나만 이런 것 같고 나만 아픈 것 같아. 오늘은 도저히 나도 나를 이해하기 힘든 날이야. 이런 나를 네가 이해해 주었으면 하는 날이기도 하고.

　너를 그리워하지 않으려는 일은 마치 금세 어수선해지는 책상을 정돈하는 일과 같았어. 필요 없는 감정을 정리하고 쌓인 미련을 모두 닦아 내도 고작 며칠을 가지 못했으니까. 너를 잊겠다는 말은 어쩌면 나를 잊겠다는 말이었을까. 너를 기억하는 모든 순간의 나를 지우겠다는 뜻이었을까. 이제는 나도 나를 모르겠어. 더는 아파하며 알고 싶지도 않고.

나는 아주 사랑했고,

문득 그립기도 해

가끔은 너의 배려가 문득 생각나는 날이 있어. 우리가 만나기 시작하고 며칠이 지나지 않았을 즈음. 멀리서부터 한껏 들뜬 몸짓과 표정과 말투로 내가 분명히 좋아할 것 같다며 골목길 맛집으로 나를 이끌던 손길, 그곳으로 함께 향하던 길 위에서 여자가 차도로 걷는 것이 아니라면서 걷던 자리를 바꾸던 모습 그리고 오늘은 달이 조명을 참 잘한다며 한적한 거리에서의 산책을 즐기는 나를 위해 같이 걷자던 마음.

여실히 그때의 너는 참 특별하게 다정한 사람이었어. 그래서일까. 내가 너를 너무 나쁘게만 기억하지 않는 이유가. 우습게 들릴 수도 있겠지만 가끔 나는 그 시절 너의 온기를 추억하곤 해. 어렴풋이 느껴지는 그날의 설렘을.

생각하니까 그립고, 그리워지니까 보고 싶은 사람. 그런 너를 처음부터 다시 넘겨보다가 그만 손을 적시고 말았어. 주글주글, 기억 속 여러 장면들도 울고. 주르륵주르륵, 그 장면을 살았던 나도 울고.

나는 아주 사랑했고,

그때는 그랬었지

언젠가 네가 전화로 이런 말을 한 적이 있었어. 왠지 행복의 정점에는 꼭 내가 서 있을 것만 같다고. 그만큼 요새 너무 행복하다고. 자기 곁에 있어 주어서 정말 고맙다고. 우리 영원히 지금 이 마음 변치 않고서 오랜 시간을 사랑하며 살아가자고.

그 당시에는 그 말이 뭐가 그렇게 감동적으로 다가왔는지. 기분이 울컥하고 뭉클하면서 이내 한바탕 소나기 같은 눈물을 쏟아내고 말았지. 지금 생각해 보니까 너의 말 한마디에 쉽게도 흔들렸던 나였고 그런 나를 매번 빈틈없이 안아 주었던 너였어.

그러게. 도대체 그 시간의 우리는 누구였을까? 이 물음표에 대한 마침표가 궁금해서 우리가 있었던 세상을 한 장씩 넘겨보았어. 마지막 차례에 이르고 보니, 너는 점점 말수가 줄어 가고 나는 애써 상황을 부정하며 피하고만 있네. 그냥 서로가 한때 사랑했었다는 것으로 마무리하면 되려나. 어차피 다 끝난 일인데, 이제는 나름의 의미를 전부 상실했는데, 결국 다 부질없는데 말이야.

　너는 나의 두 눈동자에 사랑을 말했어. 그런데 그때는 왜 몰랐을까. 사랑한다는 말은 사랑하지 않을 수도 있다는 말인 것을. 그래도 우리는 나름대로 살아가겠지. 그립고, 보고 싶고, 사무치고, 아리겠지만 시간이 지나면 아물고, 그 위에 새살이 돋고, 결국에는 다 괜찮아지겠지. 그래, 그럴 테지. 아마도.

어쩌면 운이 나쁘게도
아닐 수도 있고.

나는 아주 사랑했고.

사랑하면 닮는다고 그랬나

우리는 처음부터 똑같지는 않았지만, 시간이 지날수록 점점 비슷해졌어. 누가 먼저랄 것도 없이 이전에 우리 사이에서 주고받았던 내용이라면 설령 그것이 아주 사소한 것일지라도 절대 가볍게 여기지 않고 쉽게 놓치지 않으려 하며 오래 기억하려고 노력했었지. 정말 살가웠던 사랑이었어. 그 시절 나에게는 그런 너의 모습이 얼마나 크나큰 감동이었는지. 너라는 사람과 닮아가는 하루하루가 얼마나 뜻깊은 찰나의 연속이었는지 몰라.

누가 그랬나. 사랑하면 서로 닮는다고. 그래, 정말 맞는 말 같아. 그동안 너를 너무 많이 닮아 버린 나라서 이제는 거울에 비친 나에게도 네가 보여. 표정, 말투 그리고 미세한 버릇까지. 너는 일찌감치 나를 떠났지만, 여전히 여기에 남아 있어. 보이지도 않고, 들리지도 않으며, 만질 수도 없지만 여실히.

나는 너의 불안이 길지 않았으면 좋겠어

부끄럽지 않고 싶어서

그냥 마음만으로도 충분히 행복할 수 있는 것이 사랑이라면 얼마나 좋을까. 하지만 그런 영화 같은 사랑은 없더라고. 엄연히 사랑은 현실이더라.

조금씩 시간이 지나면 지날수록 주변 친구들로부터 다니던 대학교를 졸업했다거나 고생 끝에 취업을 했다는 소식을 듣곤 했어. 그러다 보니 애써 내색하지 않으려고 했지만 나도 모르게 예민해진 적이 많았고 이어서 엄습해 오는 불안감과 두려움 그리고 조급함 때문에 타인은 고사하고 스스로를 챙기는 일조차 소홀히 했던 적이 다반사였어. 무언가가 점점 조여 오는 것 같은 기분 속에서 꽤 피폐하게 지냈던 것 같아.

하필이면 그런 시기에 너를 사랑하고 있었어. 당시에 너는 나에게 심적으로 가장 가까웠던 사람이었어. 그렇다고 해서 그러면

나는 아주 사랑했고,

안 되는 것을 잘 알면서도 앞에서 쉽게 짜증도 냈고 자주 투정도 부렸던 것 같아. 미안해. 너에 대한 마음이 식어서 그랬던 것은 절대 아니었어. 그렇지만 여실히 그때의 나는 너로 하여금 우리 관계에 관하여 서운함을 갖게 했어. 너는 충분히 내가 변했고 소홀해졌다고 여길 만했어. 이제는 쓸모없겠지만 지금까지도 미안한 마음이 가득해. 그러려고 그랬던 것은 정말 아니었는데.

혹시 기억할까. 우리가 이따금 갔었던 술집에서 술병을 비우며 너에게 했던 말이었는데. 나는 내가 진심으로 좋아하는 사람을 유별나게 사랑하는 방법이 있다고. 그것은 너는 물론이고 네가 소중하게 생각하는 사람이나 너를 그만큼 아껴 주는 사람들에게도 잘 보이는 것이라고.

그러기 위해서는 일단 내가 하고자 하는 일이 원만하게 풀려야만 했어. 그래서 그 일에 시간을 더 많이 할애해야 했고. 결코 네가 싫어서가 아니라 네가 좋아서 바빠야만 했어. 너의 지인들에게 부끄럽지 않은 사람이 되고 싶었으니까. 네가 어디 가서 나를 이야기할 때 잠깐의 망설임도 없기를 바랐으니까.

그런 것들이 만들어 낸 강박감이었을까. 그것이 나를 그토록 흔들리게 했던 것일까. 사람이 사람을 사랑하는 일이 뭐가 그렇게 복잡했고 어려웠을까. 지금에서야 나를 돌아봤어. 그때나 지금이나 어린 것은 매한가지인데 지난날의 나는 왜 어른처럼 너를 사랑

나는 너의 불안이 길지 않았으면 좋겠어

하려고 했을까. 시간을 앞질러 간 마음이 결국 우리 사이를 망쳤던 거야. 그저 나도 잘해 보려고 그랬던 건데. 사랑은 현재에서 하는 거잖아. 그럼에도 나는 네가 시키지도 않았는데 괜스레 혼자서 미래를 의식하다가 그만 너를 놓쳐 버렸던 거야.

　여간 어려운 일이 아니었지. 끊임없이 현실과 다투고 타협하기를 반복해야 했던 지난 시간. 안타까웠고 안쓰러웠던.

나는 아주 사랑했고,

숨처럼 사랑하자고 했었는데

우리 숨처럼 사랑하자고 했었잖아. 죽기 전까지 서로를 멈추지 않으며 꾸준히 호흡하면서. 나는 너에게 그리고 너는 나에게 안락한 오전이기를 바라고 안온한 오후이기를 바라고 안녕한 하루이기를 바라면서. 비록 그러지 못해서 우리의 세상은 끝이 났지만.

지금의 나는 그 세상의 끝에서 떠나지 못하고 있어. 헤어진 그대로 멈추어서 너를 계속 생각하고 있어. 전처럼 너와의 약속도 없었고 언젠가 너도 한 번쯤은 이곳을 지나친다는 확신도 없었지만, 나는 여전히 여기에 남아서 너로부터 멀어져 가는 하루를 숨 쉬고 있어.

정말 미쳐 버리겠다. 나에게는 너를 차분히 정리할 시간이 필요한데 숨만 쉬어도 네가 그리워져. 나의 지난 아픔까지 책임질 것처럼 누구보다 자신 있게 다가와 놓고서는 결국 내가 또 부담해야 할 것들만 수두룩이 남기고 떠나가는구나. 네가 말한 사랑이 이런 거였니. 네가 말한 진심이 이런 거였냐고.

　잠을 줄여 가면서 마음을 나눴고 밤을 늘려 가면서 아픔을 키웠던, 앞으로 다시는 없을 우리.

사람과 만나고 헤어지기를 거듭할수록
상대방에게 마음을 쓰는 일이 점점 힘에 부친다.
나를 들려주고 상대를 들어주는 일.
반복되는 관계의 허무함에
시작이 두렵고 자신이 없어진다.
나는 여전히 사랑이 필요한데
여실히 사람이 어렵기만 하다.
누구보다 사람을 정말 좋아하는 사람인데.

나는 아주 사랑했고,

미안하대

　이 사랑이 이별에 가까워질수록 나는 답장을 기다리는 시간이 길어졌고 어설픈 그 사람의 거짓말에 속아 넘어가 주는 경우도 많아졌어. 그렇게 비참한 나날을 얼마나 버티고 또 버텼을까.

　나는 그 사람이 절실하게 필요한데 그 사람은 내 곁에서 있을 수 없대. 더 잘해 주지 못해서 미안하고 자기보다 더 좋은 사람을 만나서 잘 지냈으면 좋겠대. 나도 이제 정말 남들처럼 운명 같은 사랑을 하나 싶었는데 또 서투른 이별을 시작해야만 했어. 마음을 이토록 흔들 거였으면 적어도 진심이기를 바랐는데. 그 사람에게 나는 그저 일시적인 호기심에 불과했던 거야.

　기다리고, 이해하고, 용서하고, 아파하고. 매번 한 사람에게 일방적으로 일어날 수 없는 일들인데, 왜 항상 나는.

너는 나에게 미안하다고 말하면
끝이라고 생각하는지 몰라도
나는 너의 미안하다는 말에
모든 악몽이 되살아나는 느낌이야.

나는 아주 사랑했고,

보통 같으면

　　우리 말이야. 보통 같으면 지금쯤 같은 식탁에 마주 앉아서 오늘 하루에 있었던 일들을 공유하고 있었겠지. 아침에는 이런 일이 있었는데 글쎄 그 사람이 그랬다고. 점심에는 어떤 맛집에 가서 무슨 음식을 먹었는데 딱 내 취향일 것 같으니 나중에 함께 가 보자고. 나를 만나러 오면서는 인스타그램을 보다가 동해에 너무 예쁜 풀빌라를 찾았는데 이번 휴가철에 여기는 어떻겠냐고. 아 맞다, 저번에 사소한 문제로 다퉜다는 친구와 서로 잘 풀고 화해했냐고.

　　우리의 사랑이 소리로 붐비던 이 식탁에는 더 이상 그 어떤 목소리도 들리지 않아. 고요해서 차분한데 공허해서 아파. 너와 함께 채웠던 이 시공간을 나 혼자서 감당하려니까 힘에 겨워 그만 눈물을 왈칵 쏟았어. 정신이 나갈 것 같아. 이제 네가 없이 행복을 계획하고 불행을 감내해야 한다는 현실 때문에.

나는 너의 불안이 길지 않았으면 좋겠어

요즘 나는 너의 부재로부터 쉽게 무너지곤 해. 너의 공백이 하릴없이 어색하기만 하고. 어떤 위로도 마음 깊이 닿질 못해. 1이 사라진 카톡과 너의 오랜 침묵으로부터 적응하기가 지나치게 어려워. 그냥 벌어진 이 모든 일이 끔찍한 악몽이기를 간절히 바랄게. 여느 날처럼 내일 아침에는 너에게 연락이 와 있었으면 좋겠다. 지난밤, 잘 잤냐고 말이야.

나는 아주 사랑했고.

혼자라는 사실에 또 아프고 말겠지

아침에 울리는 알람 소리 뒤 잠잠한 너의 소식에, 출근길 많은 사람들 속에서 마르지 않는 너의 생각에, 집으로 돌아와 공허한 식탁에서 쓸쓸하게 먹는 저녁에, 외로이 남겨진 방 문득 나 자신이 고독해진 순간에, 감정이 짙어진 새벽 무심코 습관처럼 누를 뻗했던 너의 번호에. 아마도 나는 이제 혼자라는 사실에 또 아파하고 슬퍼하겠지. 파도와 모래알처럼 끊임없이 사랑할 수 있었다면 얼마나 좋았을까. 기필코 너는 나에게서 멀어져야만 했던 운명이었나.

너를 탓하는 것은 아니야. 가엾은 마음을 이유로 이 아픔이 지난날로부터 어느 정도 참작되기를 바라는 것도 아니고. 과연 누구의 잘못이라고 말할 수 있을까. 설령 어느 한 사람에게 책임을 전가한다고 한들 그게 무슨 의미가 있을까. 어찌 되었든 우리는 서로에게 아픈 생각과 모진 말을 하게 했던 사람들인데 말이야. 저마다 그렇게 느꼈다면 우리의 결말은 우리의 잘못인 거겠지. 나 또한 나의 잣대로 너를 미워했으니까.

오늘도 너를 한참 울어 내느라 제법 늘어진 밤인데 아무래도 다가올 아침은 이런 나의 시간을 전혀 모를 테지. 밝아 올 해한테는 뭐라고 변명을 해야 할까. 어디서부터 설명을 해야 하지. 우물쭈물하다가 그만 그 시작점을 정하지 못해서 나는 또다시 바보가 되어 버렸어.

지친 몸과 마음을 가누어 나는 오늘도 열심히 너를 사랑하지 않는 연습을 해. 비록 아직은 연일 애쓴 만큼 태가 나지 않지만, 이렇게라도 너를 꾸준히 밀어내야 내가 살아갈 수 있어서.

나의 밤이 잊어야 하는 것들을
머지않아 모조리 잊을 수 있기를.

나는 아주 사랑했고.

매듭

사랑에도 매듭이 필요하더라. 그 매듭을 통해서 내가 다루기 어려워했던 감정들이 쏟아져 나오는 것을 어느 정도 막을 수 있었으니까. 그렇지만 나는 너와 관련된 것들을 마무리 짓는 것에 미숙한 사람이었기에 노력해도 그 매듭이 맥없이 풀리는 경우가 많았어. 그렇게 풀어진 마음에서는 갖가지 감정들이 쏟아지고 말았지.

속절없이 추락하는 것들. 한 번이라도 마음을 베여 본 사람들은 알아. 바닥을 향해 떨어지는 것들이 전부 기억이라는 것을. 다시 주워 담을 수도 없고 어디로 치워 버릴 수도 없는.

혹여나 잊겠다 말하고 잊었다 말하면 너는 다른 시간이 될까. 나는 오늘도 시름없이 풀어진 매듭을 그저 바라만 보고 있어. 축 늘어진 채로.

나는 너의 불안이 길지 않았으면 좋겠어

바다 보러 가자는 말

나는 네가 했었던 말 중에서 바다를 보러 가자는 말을 제일 좋아했어. 어릴 적부터 바닷가를 워낙 좋아하기도 했고 아무 말 없이 바다를 보고 있자면 그간 어수선했던 생각들이 비교적 수월하게 정리되곤 했으니까. 무엇보다 이런 나를 기억하고서 그동안 내가 불안해하고 조급해하던 것들을 조금이나마 내려놓고 오자는 말 같아서 그 마음이 참 고마웠어.

비록 네가 내 옆에 있었을 때만큼은 아니지만, 그래도 마음이 답답할 때면 혼자서 바다에 다녀오곤 해. 세상의 수많은 아픔들을 전부 다 감싸 줄 것만 같은 저 깊고 넓은 바다에 나의 이별을 맡기려고. 그런데 오늘따라 힘을 빼고 내려놓는 일도 쉽지가 않네. 잔잔한 파도에도 밀려오는 아픔이 버겁기만 해.

너도 바다를 정말 좋아했잖아. 언젠가 너도 이곳에 혼자 멈추어 서서 나를 덜어 냈던 적이 있었을까. 만약에 그랬다면 그때의 너는 무슨 생각을 하고 있었을까. 못 본 사이에 바닷바람은 제법 차가워졌는데, 여태 가시지 못한 너의 기억 때문에 볼을 타고 흐르는 시간은 뜨겁기만 해. 그러고 보면 흐르는 것들은 참 욕심도 많지. 이미 과분한데 또 너를 찾고 있으니까.

파도가 부서지고 있어. 우리는 저 파도처럼 다시 부서질 수도 없고. 너는 지금쯤 무얼 하려나. 한 번쯤은 나와 같은 마음이었던 적이 있었으려나. 보고 싶지만 보고 싶다고 말할 수 없는 날의 노을만 태우고 있어. 그런 하루를 애태우고 있어.

어느새 하늘이 새까매졌어.
마치 무엇에 그을린 것처럼.

지금도 기억하려나

평온했고 평소와 크게 다르지 않은 주말이었어. 맛있는 저녁을 먹고 한적한 카페에 들러서 마실 것을 두 잔 주문하고 자리에 앉았어. 너는 나에게 기대어 문득 자기를 얼마나 사랑하냐고 물었어. 대답을 기다리며 기대로 가득 찬 너의 두 눈이 얼마나 사랑스러웠는지. 그런 너에게 나는 너만큼 사랑한다고 말했어. 여지없이 너는 나의 세상이었으니까. 그리고 이어서 너의 불행마저 사랑할 내가 수시로 너의 행복이 되어 주겠다고, 네가 어둠이라면 우주의 모든 암흑을 사랑하겠다고 말했어. 다소 오글거릴 수도 있었는데 외려 당당했던 나의 모습에 너는 웃음을 터트리고 말았지. 너, 웃는 모습이 정말 예뻤는데. 너는 아니라고 부정하겠지만 진심으로 예뻤어.

지금까지도 나는 그때 나를 보던 너의 두 눈을 잊지 못해. 사람

나는 아주 사랑했고,

의 진심은 눈빛에서 볼 수 있다던데 그날 느낄 수 있었거든. 우리가 서로를 얼마나 사랑하는지 말이야.

그런데 있잖아. 오히려 너무 사랑해서 그랬나. 남들은 헤어질 때 분연히 화도 내고 모진 말도 주고받는 것 같던데 우리는 차가웠고 차분했잖아. 나는 왜 이 이별을 떠올릴 때면 그때의 우리가 안쓰럽게 느껴질까. 이야기 좀 하자면서 집 앞 공원에서 나눴던 대화들, 정말 끝이냐면서 필사적으로 울음을 참아 냈던 그 카페, 늘 저 멀리서부터 달려왔던 네가 나에게 등을 보였던 그 골목.

나는 이렇게나 생생한데 혹시 너는 기억하려나. 기억한다면 너도 나를 추억했으려나. 있잖아. 나는 너의 이름이 지금도 벅차. 그래서 네가 좀 많이 사무치는 밤이야. 아주 많이.

눈물에는 시간이 들어 있다.
시간에는 너라는 사람이 들어 있다.
오늘도 나는 일정량의 너를 덜어 낸다.
어떤 날의 너는 너무 많아서
두 눈이 퉁퉁 붓도록 울고 또 울어도
줄어든 티가 나지 않는다.

어쩌자고 흔들렸을까

너의 인스타그램 계정을 하루에도 몇 번이나 들락거렸는지 모르겠어. 나보다 괜찮게 지내는 너의 모습을 보며 괜히 혼자 샘이 나서. 너의 번호를 몇 번이나 삭제하고 저장했는지 모르겠어. 우리 관계가 완전한 결말에 이르렀다는 현실이 믿기지 않아서. 너를 사랑하는 나와 너를 사랑하지 않으려는 내가 안에서 자꾸만 다투고 있는데 나에게는 그들을 말릴 힘조차 없어.

그러다 마침내 이 싸움의 끝에서 나처럼 헤어지고 나면 비로소 알게 되는 건가. 한 사람을 이토록 미워하면서 동시에 사랑할 수 있다는 것을 말이야.

어쩌려고 나는 너의 하루를 궁금해했을까. 어쩌자고 나는 너의 소식에 흔들렸을까. 혼자서 또 얼마나 기나긴 새벽을 아파하려고. 그래, 나는 아직 너를 미워할 용기가 턱없이 부족했던 거야. 그

나는 아주 사랑했고.

래서 다 끝난 사랑을 혼자 남아서 자주 되돌아봤던 거야. 속절없이 그런 하루가 최선이었던 거야.

나한테 너는 제법 오랜 시간이었는데 어떻게 하루아침에 잊을 수 있겠어. 너는 끝난 너의 이별을 해. 나는 남은 나의 사랑을 할게. 여실히 나에게는 시간이 좀 더 필요할 것 같아.

오늘도 변함없이 밤은 길고 잠은 늦네. 기억도 노을처럼 질 수 있었다면 너는 이런 늦은 시간이 되도록 떠 있지 않았을 텐데. 생각에도 스위치가 있었다면 얼마나 좋았을까. 그러면 지나간 날들을 다루기에 훨씬 수월했을 텐데.

아, 아닌가. 너는 그마저도 초월하려나.

머리에서 잊기 어려운 이름이 있다.
마음에서 지우기 힘겨운 사람이 있다.
그런 이름을 가진 사람을
온몸으로 기억하는 내가 있다.

이런 사랑을 하기를

- 오래 붙어 있어도 지루하지 않고
  멀리 떨어져 있어도 불안하지 않은 사랑.

- 굳이 확인하지 않아도 확신할 수 있고
  결코 서로의 믿음을 배신하지 않는 사랑.

- 감정을 앞세워 아픈 말을 쉽게 내뱉지 않고
  다친 마음을 꼭 안아 줄 수 있는 사랑.

- 사소한 것을 그냥 흘려버리지 않고
  중요한 것만큼 기억해 주는 사랑.

- 받는 것을 당연하게 여기지 않고
  주는 것을 아깝게 생각하지 않는 사랑.

나는 아주 사랑했고.

- 고마움을 전하는 데 마음을 아끼지 않고
  미안함을 전하는 데 변명을 하지 않는 사랑.

- 일방적으로 통보하지 않고
  작은 결정에도 많은 의견을 나누는 사랑.

- 혼자서만 이야기하지 않고
  상대방의 입장도 들을 준비가 되어 있는 사랑.

- 남의 편인 것 같은 불안을 주지 않고
  나의 편인 것 같은 안정을 주는 사랑.

- 허황된 말만 하지 않고
  행동으로 사랑을 느끼게 해 주는 사랑.

- 초심을 잃지 않고
  변화가 있더라도 변함이 없는 사랑.

정해진 답은 없어

사랑에도 정답이라는 것이 있을까. 나는 이 감정에 마땅히 정해진 답은 없다고 생각해. 사랑은 누군가에게 한 개의 단어일 수도 있고, 다른 누군가에게는 한 줄의 문장일 수도 있고, 또 다른 누군가에게는 한 권의 책일 수도 있는 거니까. 세상에 똑같은 사람이 없는 것처럼 저마다 다른 온도로 이루어진 마음들일 텐데 그러한 두 진심이 함께하는 데 있어서 어떻게 기준점이 있을 수 있고 절대적인 답안이 있을 수 있겠어. 사실 그것은 많이 어렵지.

그러니까 어떤 사람을 만나게 되든 너는 꼭 너의 연애를 했으면 좋겠어. 주변 사람들로 인해서 흔들리지 말고 너에게 가장 잘 어울리는 색과 체로 사랑이라는 벅찬 감정을 애틋하게 풀어낼 수 있었으면 좋겠어. 너와 너를 만날 수 있는 사람. 참 특별한 존재들이잖아. 이 드넓은 세상에서 셀 수 없는 우연을 거쳐 마주한 귀중한 인연이니까.

　관계를 시작하는 일. 두려워하지 말아. 네가 써 내려가는 것들이 어림없는 오답이 아니니까. 자신 있게 너의 뜻대로 사랑하려무나. 아주 멋지고 예쁘게. 근사하고 태가 나도록. 그래, 가장 너답게.

연애의 정의

연애란 어쩌면 그런 게 아닐까. 평생을 모르고 살아온 사람과 여생을 전부 아는 듯이 살다가 여실히 남보다 못한 사이로 남아 서로를 미워하고 그리워하다가 무너지고 무뎌지는 일. 감동과 실망, 희망과 절망, 행복과 불행 그 어디쯤에서 시나브로 처연하게 죽어가는 일.

결국 좋았던 사람 끝에는 잊지 못할 마음이 남고 나빴던 사람 끝에는 잊고 싶은 밤이 남더라고. 나를 가장 잘 아는 남이 된 너. 나는 그런 네가 남긴 밤의 끝자락에서 또 하루를 사라지고 있어. 아무도 모르게.

고마웠어

고마웠어.

내쉬는 숨이 닿을 거리에서 이름 모를 불안으로부터 든든히 나를 지켜 주어서. 누가 행복이 무엇이냐고 물으면 선뜻 입을 떼지 못했던 나에게 서슴지 않는 대답이 되어 주어서. 지겹게만 여겨졌던 나의 하루에 수많은 웃음꽃을 심어 주어서. 그리고 나도 이런 과분한 사랑을 받을 수 있는 사람이라는 것을 알게 해 주어서. 이별한 우리가 서로에게 좋은 감정만 남긴 것은 아니지만 그래도 한때 나의 곁에서 살았던 너에게 고마운 마음도 분명히 존재해. 이 자체를 부정하고 싶지는 않아.

그래, 고마웠어.

마지막은 너에게 웃는 모습으로 기억되고 싶은데 나는 왜 이 '고마웠다'라는 말이 슬프게만 느껴질까. 가만히 앉아 되뇌다 보면 아주 깊은 곳에서부터 차오르기 시작한 눈물이 범람할 것 같아. 꼭 다시는 볼 수 없는 사람에게 하는 말 같아서. 앞으로는 너와 다시 나쁠 수도 없을 것만 같아서.

지금 생각해 보면
우리 참 서툴게 사랑했었지만
그만한 사랑도 또 없었던 것 같다.

감정이 탈진한 것 같아

우리의 이별은 덮는다고 가려질 아픔이 아니었고 숨긴다고 사라질 기억이 아니었어. 나도 알고 있어. 네가 없는 날도 엄연히 내가 살아야 하는 시간이라는 것을. 이따금 네가 남기고 떠난 것들 때문에 넘어지더라도 다시 일어나야 한다는 것을. 그런데 그게 너무 어려워. 속으로는 울고 있는데 겉으로는 웃는 연기만 늘어 가고 있어. 하나도 괜찮은 것이 없는데 전부 괜찮은 척을 하고 있어. 언제 어떻게 얼마나 울어도 전혀 이상할 게 없는 마음을 겨우 부여잡고서.

나는 오늘 새벽에도 너라는 절벽 끝에서 위태롭게 서 있어. 마음의 작은 실수에도 끝없이 추락하고 마는. 언젠가 나도 너처럼 덤덤해질 수 있을까. 오늘은 여느 날보다 더 힘에 겨워. 마치 감정이 탈진한 것 같아.

내 심장 뒤에 드리운 그림자에는
너라는 블랙홀이 존재하고 있어.
그래서 나의 하루는
날마다 너에게로 무한히 수축하고 있어.
너무 많은 것들이 남아 있지만
동시에 아무것도 남아 있지 못할 새벽.
세상에서 빛이 사라지면
더욱이 두드러지는 그런 공허를
가슴 한편에 두고 살아.

나는 아주 사랑했고.

한 가지의 이유로도 충분하더라

백 가지의 이유들로 사랑을 했더라도 단 한 가지의 이유로 할 수 있는 게 이별이더라. 정말 한순간이다. 남이 되어 버리거나 그보다 못한 사이가 되어 버리는 일. 손을 잡는 일은 두 명이 필요했지만 잡았던 그 손을 놓는 일은 혼자서도 충분하더라고.

허탈하다. 그동안 우리는 이렇게 나약하고 위태롭기만 한 관계에서 무슨 진심을 나누고 무슨 정성을 들였던 것일까. 마지막에 이르러서는 서로에게 차가운 눈길조차 주지 않을 거였으면서. 결국 그럴 거였으면서. 너는 나의 하늘이었고 이게 너의 진심이었다면 애당초 이 세상에 사랑이라는 것은 없었던 거야.

이게 도대체 무슨 기분일까. 그냥 신기하다. 우리는 이렇게나 서로 다른 사람인데 그동안 어떻게 사랑이었을까.

믿음이라는 게 그렇더라

믿음은 마치 비탈길에서 굴러가는 눈덩이와 같아. 그래서 한번 제대로 구르기 시작하면 한없이 커지고 단단해지기 마련이지만 자칫 도중에 바위나 나무와 같은 장애물에 부딪히게 된다면 그만 산산조각으로 부서져 버리는 것은 한순간이고 다시 돌이키기에도 쉽지 않지.

사람들 사는 이야기를 듣고 있으면 더 그래. 믿음이라는 것은 때로는 참 허무한 것 같아. 사소한 비밀도 없을 정도로 친했던 오랜 친구와 어떤 일을 계기로 서로를 불신하게 되고 사이가 틀어지기도 하며 마음을 다 주어도 아깝지 않을 만큼 사랑했던 사람에게 거침없이 매서운 말을 내뱉고 지난 시간을 질책하며 헤어지기도 하잖아.

쌓는 것보다 허무는 것이 훨씬 더 쉬운 일인 것 같아. 정말이지, 믿음은 말이야. 당장 우리의 관계만 봐도 그렇잖아.

사랑에 원래라는 건 없어

왜 그런 부류의 사람들 있잖아. "나는 원래 이런 사람이야", "나는 예전부터 이렇게 했어", "나는 그렇게 해 본 적이 없어", "내가 항상 맞으니까 너는 내 말에 동의하고 따라야 해"라는 말을 일삼으며 자기 자신의 언행에 대해 정당성을 부여하고 여기에 더해서 상대방까지 자신의 입맛대로 바꾸려는 사람들. 이른바 '가스라이팅'을 아무에게나, 아무 때나, 아무렇지 않게 하는 이들이 있지.

나는 네가 절대로 이런 사람과 사랑하지 않았으면 좋겠어. 사랑은 서로를 아끼고 이해하고 배려하고 양보하면서 수많은 교감을 나누는 거잖아. 그런데 그런 과정에 있어서 어떻게 '원래'라는 게 있을 수 있겠어. 그거 되게 나쁘고 이기적인 거잖아. 애초에 관계는 혼자서 맺는 것이 아닌데 말이야.

물론 누구나 깊고 크게 다치지 않기 위해서 자기 자신을 보호

하는 사랑을 해야 하는 것은 맞아. 스스로를 잃지 않으려는 처신은 어쩌면 너무나 당연한 거지. 실제로 많은 사람들이 이것에 대한 중요성을 다루고 있기도 하고. 하지만 그것이 정작 자기는 남을 위해 조금도 노력하지 않으면서 오로지 상대방에게만 희생을 강요하라는 뜻은 아니잖아.

설령 공통점이 대단히 많아 보여도 자세히 보면 둘은 엄연히 다른 사람이야. 그래서 '그렇게 생각할 수도 있겠다'라는 마음으로 차이점을 겸허히 받아들이고 간격을 줄여 가려고 애써야 해. 이것을 모르는 사람과의 연애는 엄청 갑갑하고 외롭고 아플 거야.

바라건대 너는 너를 자기 자신만큼이나 사랑할 줄 아는 사람과 만나. 나는 네가 그런 사람과 예쁜 사랑을 할 수 있었으면 좋겠어. 이런저런 이유로 억지스러운 관계를 유지하지 않아도 괜찮아. 네가 지금 버거움을 느끼고 있다면 놓아야 하는 사람이 맞아.

그냥 그러라 그래

세상에는 생각보다 남의 아픔을 소비하려는 사람들이 참 많은 것 같아. 정작 이별한 당사자도 가만히 있는데 왜 이리도 남의 사랑에 관해서 왈가왈부하는 사람들이 많은지. 직접적으로 연관이 있는 것도 아니면서 정말 오지랖도 넓다. 게다가 정확하지도 않은 이야기를 가지고서 그 사람들은 너를 이런 사람으로 만들기도 하고 저런 사람으로 만들기도 했을 거야. 그때나 지금이나 여실히 너는 너인데 말이야.

귀한 이름아. 내 말 명심해. 너는 너를 잘 모르는 사람들이 가볍고 무책임하게 던진 말들에 일일이 반응하고 마음 아파할 필요가 없어. 일부러 애써 담아 둘 이유도 당연히 없고. 네가 아니면 그것으로 된 거야. 네가 별거 아니라고 생각하면 별거 아닌 거고. 더이상 시답지 않은 소리에 신경을 쓰지 않았으면 좋겠어. 세상에는 우리와 맞지 않는 사람들이 어마어마하게 많아. 그런 사람들이 떠드는 말들을 죄다 귀담아들으면 인생을 원활하게 살아갈 수가 없어. 그러니까 말 같지도 않은 말은 되도록 듣지도 말고 운이 나빠서 듣게 되더라도 주저 말고 흘려버려.

그냥 그러라 그래. 하루 종일 실컷 떠들고 다니라 그래. 어차피 자기네 입만 아프지.

나는 아주 사랑했고,

너의 잘못이 아니야

사람이 마음처럼 쉽지 않고 상황이 생각처럼 풀리지 않아도 혼자서 너무 자책하지 말아. 다가온 저녁이 유독 외롭고 다가올 새벽이 왠지 벌써부터 쓰려도 너 자신을 너무 다그치지 말아. 찾아온 어려움이 전부 너의 잘못은 아니니까.

때로는 세상이 너에게 모질게 구는 날도 있을 거야. 하지만 그럴 때마다 네가 그것을 모조리 책임져야 하는 것은 아니란다. 네가 좀 더 쓸쓸해지는 일도, 네가 좀 더 슬퍼지는 일도 그래서 너의 새벽이 좀 더 많은 양의 눈물을 쏟아 내야 하는 일도 무엇 하나 온전히 너 때문에 발생한 일은 단 하나도 없다는 것을 잊지 않았으면 좋겠다. 게다가 세상에 결국 네가 견뎌 내지 못할 아픔이란 건 없는 거고.

이 하늘 아래에는 수많은 영화가 있고 그중에 너는 한 편을 담당하는 훌륭한 주연이지 않겠니. 설령 과정이 쉽지 않더라도 너는 틀림없이 행복한 결말을 맞이할 거야. 그러니 어여쁜 사람아, 울상을 짓지 말아. 먹구름은 원래 창문의 것이 아니란다. 지금 너의 아픔 또한 마찬가지라고 생각하려무나. 시간이 조금만 흐르면 어김없이 멀어지고 작아지고 맑아질 테야. 그렇게 믿고 어깨를 펴고 담대히 살아가 주라. 굳세고 다부지게 이겨 내 주라.

나는 아주 사랑했고,

지칠 때까지 아파해도 괜찮아

겉으로 보이지는 않지만 마음도 망가지고 훼손되더라. 부서지고 찌그러지고 깨지더라.

사람이 사람에게 이다지도 아픈 이유일 수 있나 싶지. 수십 년을 함께 산 것도 아닌데 뭐가 이렇게 공허하고 외롭고 서글픈가 싶지. 그게 또 그래. 이별이라는 게. 이러다 정말 죽을 수도 있겠다는 생각이 들 만큼 괴롭고 힘들고 그래.

그런데 내가 지독한 이별을 몇 번 해 보니까 진짜로 죽지는 않더라. 생각하는 것보다 사람의 마음은 훨씬 더 강하더라. 그러니까 더 주저앉아 무너지고 슬퍼하고 아파해도 된다고. 끝내 사랑도 지쳐서 멈췄던 것처럼 끝끝내 이별도 지쳐서 멈추는 날이 올 거야. 마음 편하게 울어도 돼. 정말 그래도 돼.

비구름이 한차례 비를 쏟아 내고 햇빛이 무지개를 빛내면 꽃밭

침이 꽃잎을 피워 내듯이, 가까운 시간이 다시금 너를 일으킬 기적 같은 찰나를 믿어 의심치 않아. 그러니 망설이지 말고 참아 내지도 말고 마음 깊은 곳에서 고여 있는 것들을 한껏 쏟아 내려무나. 혼자서 모든 것들을 조용히 버티지 않아도 되니까. 나는 네가 속 시원하게 소란스러운 이별을 했으면 좋겠어.

아픔은 전혀 부끄러운 게 아니야. 숨기고, 가려야 하는 것이 아니야. 누구나 살아가면서 충분히 겪을 수 있는 일이야. 고로 떳떳하고 충분하게 아파해도 괜찮아. 슬픔을 극복하는 가장 확실한 방법은 슬퍼할 몫을 전부 소진해 버리는 것이란다.

너의 힘듦은 결국 지나갈 거야.
그동안 네가 숱한 힘듦을 지나왔듯이.

67
나는 아주 사랑했고,

지난밤에 씨앗 하나를 심었어

모두가 잠든 깊고 늦은 밤. 너의 마음에 너를 꼭 빼닮은 작고 귀여운 씨앗을 하나 심었어. 이 씨앗은 아주아주 특별해서 닳지 않는 밤하늘의 별처럼 시들지 않는 꽃이 되어 너의 우주에 영구히 피어 있을 거야. 그리고 그 꽃이 네가 잠든 사이에 펼쳐진 꿈마다 향기로운 꽃내음을 더해 줄 거야. 그래서 너의 세상을 행운으로 만들 거고 너의 마음 구석구석에 용기라는 꽃잎을 흩날릴 거야.

그러니 너무 걱정하지 않았으면 좋겠어. 과한 불안은 금물이야. 너는 그저 싱그러운 내음에 한껏 취한 채로 따사로운 햇살에 왜 그런지 모르게 자신감이 솟구치는 아침을 맞이하기만 하면 돼. 두려워하지 말아. 어젯밤 너의 우려와는 다르게 분명 근사한 하루가 될 거고 안온한 나날이 될 거야.

사랑스러운 너의 하루가
매일매일 기쁨일 수는 없겠지만
대체로 은은한 미소이기를
이토록 간절히 빌어.

나는 아주 사랑했고.

말을 예쁘게 하는 사람을 만나

　나는 네가 말을 예쁘게 하는 사람을 만났으면 좋겠어. 내 경험상 그런 사람의 상당수는 말투처럼 생각과 행동도 예쁘더라. 아마도 그러기 위해서 많은 노력을 기울였을 거야. 여러 영상을 찾아서 보기도 했을 거고 여러 권의 책을 사서 읽기도 했을 거야. 생각해봐. 마음이 따뜻해지는 표현을 상대에게 건네기까지 혼자서 애썼을 마음과 그 사람의 지난 시간을 말이야. 정말 기특하지 않아?

　너는 정말 좋은 사람이잖아. 누구나 너와 친분이 있는 사이라면 어디 가서 자랑하고 싶을 만큼. 빈말이 아니라 너는 진짜 그런 사람이야. 그러니 앞으로는 너를 귀하게 여기는 사람을 만났으면 좋겠어. 허구한 날 막말을 일삼는 사람 말고. 말을 함부로 거칠게 내뱉는 사람은 대개 생각과 행동까지 그럴 공산이 크니까. 그리고 그런 사람은 아무래도 너와 어울리지 않아.

행복한 사랑에도 순서가 있다면 다음은 너의 차례이기를 바랄게. 진심이 가득한 사랑 냄새를 물씬 풍기는 사람과 예쁜 언어로 어여쁜 연애를 했으면 해. 네가 그런 사람 곁에서 온전히 사랑받고 있다는 느낌을 흠뻑 받았으면 좋겠다.

나는 아주 사랑했고.

오래 연애하는 사람들의 특징

1. 어색함에서 오는 설렘보다
   익숙함에서 오는 편안함을 더 좋아한다.

2. 감정의 민낯을 숨기지 않으며
   더불어 이해하고 배려하려고 노력한다.

3. 기쁨을 혼자서 누리려고 하지 않고
   슬픔을 외로이 감당하게 놔두지 않는다.

4. 길고 짧은 미래를 함께 계획하며
   크고 작은 일들을 끊임없이 이루어 간다.

5. 세상을 대하는 가치관에서
   많은 공통점을 보인다.

6. 일상 속에서 세세한 대화를 통해
   자신이 느낀 점을 주고받는다.

7. 기분이 나쁠 때
   순간의 감정으로 결정하지 않는다.

8. 평소에도 서로에게
   말을 다정하고 예쁘게 한다.

9. 살며시 기특한 생각을 하고
   그것을 실천에 옮겨서 때때로 크나큰 감동을 선물한다.

10. 여유를 만들고 만끽하는 방법을 알고 있고
    같이 즐길 수 있는 취미가 있다.

11. 다름과 틀림 그리고
    다정과 친절의 차이를 알고 있다.

12. 똑같은 시간과 공간에 있을 때
    가장 '나'다울 수 있도록 만들어 준다.

13. 누군가 무책임하게 뱉은 말에 휘둘리지 않는다.

14. 이성 문제로 상대를 서운하게 하지 않는다.

나는 아주 사랑했고,

15. 당장 기분이 좋지 않더라도 입장을 바꿔서 생각해 본다.

16. 상대를 자신의 취향대로 바꾸려고 하지 않고
    있는 그대로를 사랑한다.

17. 어떤 일에 대해 과도하게 감정 이입을 하지 않는다.

18. 간을 보지 않고 밀고 당기기를 하지 않는다.

19. 서로 약속한 내용을 중요하게 여긴다.

20. 불현듯 찾아올 수 있는 권태기를
    현명하게 이겨 내려는 의지를 가지고 있다.

21. 자존심을 세우지 않고
    잘못한 일에 대해서 먼저 사과할 줄 안다.

22. 쉽게 이별을 말하지 않는다.

이별에도 골든 타임이 있어

어떤 사고가 일어났을 때 빠지지 않고 거론되는 것이 '골든 타임'이잖아. 왜냐하면 이것은 인명을 구할 수 있는 최소한의 시간을 의미하니까. 그런데 이런 골든 타임이 이별에도 존재해. 이별을 하면 그 마음이 크게 다치게 되는데 사실 겉으로 잘 보이는 외상만큼이나 위험한 게 겉으로 잘 보이지 않는 내상이거든. 마음을 다쳤다는 게 비유는 아니니까. 그래서 다친 마음이 최악의 상황으로 더 악화되지 않도록, 그래서 나중에 다른 사랑을 하게 되더라도 트라우마가 생기지 않도록 골든 타임을 지키는 데 만전을 기해야 해.

만날 사람은 어떻게든 만나게 되고 헤어질 사람은 어떻게든 헤어지게 되더라. 혹여나 당장 미워하지 못해서 지난 정으로 겨우 유지하고 있는 사랑이라면 이제 그만 멈췄으면 좋겠어. 아파서가 아니라 더 아프지 않기 위해서 억지로 쥐고 있는 감정들을 늦지 않게 놓는 것은 정말 중요하니까.

고민이 되는 사랑은 이미 본래의 모습에서 많은 것들이 변질되고 상했을 가능성이 높아. 이성적으로 그 사람과 너의 관계를 생각해 보았을 때 점점 너에게 짐이 되는 감정의 잔재들. 자칫 적기를 놓친 이별은 상처가 아문다고 한들 여전히 고통스러운 흉터일 테니 가까운 미래조차 흐려 보이는 사람이라면 용기를 내어 정리할 수 있기를 바라. 지난날 좋았던 기억 속에서 웃고 있는 서로를 위해서라도 말이야.

너도 이미 알고 있잖아. 노력으로 바뀔 수 있는 사랑이었다면 진작에 달라졌을 거라는 사실을. 이토록 비참하게 너를 혼자 내버려 두지 않고서.

사랑한다는 건 어쩌면

네가 사랑했던 순간들은 마침내 너를 슬프게 만들 거야. 천년 만년 할 수 있는 사랑은 이 세상에 없고 사랑이라는 이름이었던 것들은 어떻게든 너에게 잔인해질 테니까. 모자람이 없이 주어진 시간에도 다 아파하지 못할 것들.

그 고통을 벗어나는 유일한 방법은 망각일 거야. 사람을 잊고, 상황을 잊고, 나누었던 것들을 모든 것들을 잊어야 좀 괜찮아질 거야. 그런데 어디 기억이 마음처럼 잊는다고 쉽게 잊을 수 있는 것이었나. 답답한 마음에 때로는 화도 나고 억울하기도 하고 엉엉 소리 내어 울기도 할 거야.

하지만 참 웃긴 게 사람이 죽으라는 법은 없다고 그렇게 아파하다 보면 미처 다 아파하지 못했음에도 그리움이 천천히 누그러지는 시기가 오더라. 벌어진 상황을 냉철하게 바라볼 수 있는 차분함과 침착함이 생기더라. 비록 이따금 다시 너의 밤에 무작정 그 사람이 나타나 악몽이 반복되는 날도 있겠지만 그마저도 잠잠해지는 시기가 오더라.

이토록 사랑하는 이름아. 언제라고 딱 지정하지는 못하지만, 너에게도 괜찮아지는 시기는 반드시 올 거야. 사랑이라는 게 그렇더라고. 너는 얼마든지 다시금 좋은 사람을 만나 행복해질 수 있는 사람이야. 그러한 자격이 넘치도록 충분한 사람이야. 비록 지금은 가능한 모든 수단과 방법을 동원하더라도 전부 표현하지 못할 정도로 안타깝고 안쓰러운 상태이겠지만 이럴 때일수록 더더욱 절실하게 너 자신을 위해 살아가기를 바라.

사랑한다는 것은 어느 누구도 마음대로 어찌할 수 없는 것이지 않겠니. 그러니 내려놓을 것들은 그만 내려놓자. 욕심이라면 욕심일 것들을 버리자.

앞으로는 너를 슬프게 만드는 대상의 바래진 기억으로 살아가지 말고 너를 기쁘게 만드는 지금의 너 자신으로 살아가려무나. 분명히 잘할 거야. 어딘가에서 너의 평안을 이토록 응원할 테니 부디 나날이 웃음을 노력하며 지내려무나.

사랑은 참 모순적인 것 같아.
나를 웃게 했던 너로 인해 울게 되었으니까.
어찌 보면 이건 사랑이 아닌가.
이제 우리는 조금씩 이별인 건가.
어렵다. 이런 감정.
이런 소용돌이 중심의 너란 사람.

나는 아주 사랑했고,

그 무렵의 너를 사랑해

가끔은 너를 사랑했던 내가 어떤 사람이었는지 궁금해지는 날이 있어. 그럴 때마다 나는 네가 써 주었던 편지를 읽곤 해. '나 이런 사람이었구나', '한때 이런 사랑을 했었구나' 하면서 사색에 빠질 때도 있어. 그러고 보면 왜 좋았던 것들은 늘 금방 상하고 식어 버리는지. 추억을 만들어 준 네가 추억이 된 지금, 난 지난 시간이 한눈에 보이는 곳에 서 있어. 어쩌면 너는 영영 저물지 않는 애달픔일지도 모르겠다.

오늘 새벽에는 창문을 열어 놓고 술을 좀 마시려고 해. 인정할 것은 인정하고 내려놓을 것은 내려놓으며 너그럽게 너를 그리워해 볼 생각이야.

응원이라는 응원

너를 좋아했던 시간의 그 사람을 정리하는 데

넉넉한 감정과 눈물을 한참 소비하다가

시간이 지나 마음이 단단해졌을 때

너를 싫어하게 된 시간의 그 사람을

정면으로 마주할 용기가 생긴다면

이렇게 말하고 씩씩하게 돌아설 수 있기를.

"이제 나도 너의 애정 따위 필요 없어."라고.

아직은 무리겠지만
그래도, 그래도.

나는 아주 사랑했고.

2장
나는 제법 미워했고,

: 나를 잃어 가며 너를 미워했던 지난 시간

미워한다는 것

우리의 마음이 계절이었다면 너를 미워하는 일은 여름이었어. 무더운 날씨 탓에 너와 나는 예민했던 일도 잦았지. 그런 날들을 거듭할수록 너와의 관계에는 마치 풀리지 않는 문제가 있는 것만 같았어. 나는 그게 속으로 너무 답답했던 거야. 그래서 사실 이 관계가 거의 끝날 무렵에는 너의 앞에서 웃고 있었더라도 진심으로 행복하지 못한 날도 있었어. 우리는 왜 여기까지 왔을까. 도대체 왜 하필 우리는 말이야.

어떻게 보면 미워하는 일도 지난날의 우리가 좋아했고 또 사랑했기에 가능한 일이잖아. 맞아. 분명 우리의 열애는 폭염과 열대야처럼 뜨거웠어. 애정의 온도는 날마다 더욱 높아졌고 계절이 바뀌면서 사람들의 옷소매도 짧아지듯이 사랑하면 사랑할수록 마음의 민낯을 가리고 있었던 경계의 벽 또한 낮아지고 얇아졌지. 그래서 누구보다 서로에 대해 잘 알고 있었던 우리였는데 오히려 그게 독이 되었던 걸까.

그렇다고 해서 나는 너라는 사람이 익숙해졌다고 말하고 싶지는 않아. 비록 처음보다 편해진 부분이 많아진 것은 맞지만 네가 소중하다는 사실을 한순간도 잊은 적이 없었으니까. 하지만 사랑은 여실히 안다는 것만으로 잘할 수 있는 게 아니더라고. 머리와 마음만큼이나 중요했던 것이 서로에게 놓인 상황이었어. 지금 그 모든 것을 일일이 말할 수는 없겠지만, 그런 상황을 잘 이겨 내는 연인들도 많겠지만 적어도 당시 우리의 최선은 한참 역부족이었던 거야. 그렇게 점차 나의 하늘에는 비 소식이 늘어만 갔어. 그 시기에 정말 많이 울었던 것 같아. 아주 많이 버거웠던 것 같고.

일조량이 사랑의 정도이고 강우량이 이별의 경고라면 나는 장마철이 없는 여름에서 너와 영원히 살고 싶었어. 설령 그게 극심한 가뭄일지라도 말이야. 그만큼 우울의 습도를 낮추고 뜨겁기를 원했어. 그런데 이번 여름에는 극한 호우가 예상된대. 마치 우리의 이별처럼 말이야. 이때까지만 해도 전혀 알지 못했지. 이 장마가 여름을 초월하여 다음 계절까지 쭉 이어질 줄은.

나는 너의 불안이 길지 않았으면 좋겠어

이별은 미루어도 이별이더라

너와 헤어지고 나는 너무 힘든 나날을 보냈어. 내 방 곳곳에는 네가 준 선물들과 함께 찍었던 사진들이 즐비했고 나는 도저히 그것들을 버릴 자신이 없었어. 정말이지 남겨진 것들마저 사라진다면 우리를 영영 잃는 것 같았으니까.

솔직히 말해서 우리는 그 흔한 이별과 다를 줄 알았어. 솔직히 다른 사람도 아니고 우리가 끝났다는 것을 인정할 수 없었거든. 그래서 차마 버리지는 못하고 우리의 흔적들을 모조리 상자에 넣고서 눈길이 잘 닿지 않는 곳에 두었어. 언젠가 다시 마주해야 한다는 사실을 외면하면서까지 그냥 그때는 현실로부터 도망치고 싶었던 거야.

그리고 정신없이 석 달쯤 지났나. 우연히 네가 다른 사람을 만나기 시작했다는 소식을 접했어. 너랑 그 사람이 연애를 시작한다

나는 제법 미워했고.

며 같이 찍은 사진을 봤어. 잘 어울리더라. 그때부터 우리가 정말 남이 되었다는 게 조금씩 실감 나기 시작했어. 나를 외롭지 않게 해 주겠다던 사람이었는데, 그 사람으로 인해 외로웠던 날이었어. 그 하루가 끝날 무렵에 나는 우리의 시간을 고스란히 간직하고 있는 상자를 열어 봤어. 그래, 우리도 참 잘 어울렸었는데. 마음이 찢어진다는 게 이런 느낌인가. 전보다 조금은 더 나아졌을 줄 알았는데 이별은 미루어도 이별이더라. 게다가 하필이면 예쁘게도 사랑을 해서 더더욱 아파.

이미 우리는 갈라졌고 다시 하나가 되기에는 제법 늦었다는 걸 알아. 있잖아, 그래도 나는 너에게 있어서 쉽게 잊지 못하는 유일한 사람이 되기를 바랐어. 그렇게 너의 추억 모퉁이라도 좋으니 어떻게든 남겨지고 싶었어. 그런데 요즘 너를 보고 있으면 꼭 내가 너의 시간에 잠시라도 살았던 적이 없었던 것만 같아. 그냥 이 세상에서 나 하나쯤은 없어져도 너는 미동도 하지 않을 것만 같아.

가까이에 있어도 멀리 있고
멀어지더라도 사라지지 않는 너는
끝끝내 사라지게 되더라도
내가 남은 날들을 살아갈 수 있도록
최소한의 여운만큼은 두고 가기를.

나는 너의 불안이 길지 않았으면 좋겠어

사랑 유언

세상이 용납하지 않고 너조차 나를 인정하지 않아도, 그런 너를 만날 수도 없고 만질 수도 없더라도 네가 아직 내 안에 있다면 우리 사랑이 아주 숨을 멎은 건 아니잖아.

있잖아, 언젠가 나 또한 너를 놓게 되어 이 사랑이 명을 다하게 되면, 그래서 너를 따라 나도 이별을 받아들이게 되면 그 이후에는 서로를 절대 그리워하지 말자. 생각만으로도 마음이 너무 아프잖아.

너는 그러지 않을 테지만 혹여나 문득 사무치는 날에는 그냥 적당한 새벽에 적당하게 취해서 적당히 울 수 있을 만큼만 생각하자. 일회용 그리움처럼 단 하루만 아파하기로 하자.

그러다 아침이 오면 또다시 보통의 하루를 잘 보내고 시간이 흘러 새로운 사람이 찾아오면 마음 가장 구석진 자리에 있을 어색하지만 낯익은 추억 위에 무심히 담요를 덮어 가려 주자. 그렇게 서로를 자연스레 잃어버리자. 이게 시름시름 앓고 있는 우리 사랑의 마지막 유언이야.

너는 이미 나를 분실했으려나.
나는 오늘 너를 기어코 찾고야 말았는데.

나는 너의 불안이 길지 않았으면 좋겠어

왜 나만

.

너도 나를 진심으로 사랑했다면서. 그런데 너는 왜 아무렇지도 않아. 우리가 함께였던 이 자리에 멈춰서 왜 나만 매일을 살아도 적응되지 않는 나날을 버티고 있어야 해. 왜 항상 관계의 끝자락에서 감정을 추스르는 일은 늘 나의 몫일까. 정말 왜 나만 이러고 지내야 해. 버거워. 나는 괜찮지 않은데 너처럼 괜찮게 지내는 일이. 억울해. 늘 내가 더 사랑하고 덜 미워하는 연애. 이런 관계의 시작과 끝. 이런 감정의 안과 바깥.

나는 이래야만 하는 내가 참 가엽고 슬퍼.
한편으로 미안한 마음도 크고.

나는 제법 미워했고,

세상에는 이런 이별도 있어

　너는 알까. 너와 헤어지고도 내가 너를 얼마나 사랑했는지. 아무래도 모르겠지. 너에게 나는 그저 잊고 싶은 사람일 테니까. 마침표가 찍힌 사랑 뒤에서 나는 무슨 미련이 그리도 남아 또다시 쉼표를 찍고 있는 걸까.

　만약 우리의 이별이 사고였다면 너는 가해자고 나는 피해자라고 말할 수 있을까. 네가 마지막을 통보했고 나는 상처를 입었으니 말이야. 그런 거라면 정말 이상하지. 도무지 아물 가망이 없어 보이는 상처이고 도저히 이겨 낼 수 없는 트라우마로 남았는데 피해자가 가해자를 그리워하고 있으니. 내가 이렇게나 아파하는데 나에게 미안해하는 사람은 단 한 명도 없어. 나를 부축해 주는 사람도 없고 너의 책임을 묻는 사람도 없어. 그래, 세상에는 이런 이별도 있어.

9할을 넘게 포기한 서러운 마음이었어도
너를 마저 그만두지 못했던 이유는
지푸라기라도 잡는 심정으로
실낱같은 희망을 기대했기 때문이었겠지.
널브러진 마음을 부여잡고 흐느끼고 있는 내게
네가 다가와 주기를 바랐던 헛된 욕심이었겠지.

나는 제법 미워했고.

시간이 필요할 것 같아

지금의 우리를 이성적으로 인정하기까지 시간이 좀 걸릴 것 같아. 너와의 이별은 나의 계획에 전혀 없었던 일이거든. 홀연히 벌어진 일이라 벙찐 상태로 아픈지도 모르고 있었어. 그런데 그저께는 하루가 무너졌고 어제는 세상이 무너졌고 오늘은 우주가 무너졌어. 내일은 또 어떤 것이 더 무너질까 두려워. 아무나 붙들고 제발 도와 달라고 애원하고 싶은데 나는 딱히 이 감정을 설명할 방법을 알지 못해.

마치 누가 이 헤어짐에 비밀번호를 설정해 놓은 것 같아. 여러 번의 해제 시도 끝에 입력 횟수를 초과하여 영원히 잠겨 버린 것만 같고. 그래서 지금도 나는 여전히 너와 이별하지 못하고 있어.

이별이 비활성화되었음.
나중에 다시 시도하십시오.

나는 제법 미워했고,

뭐가 그렇게 바빴는지

우리가 저물어 갈 무렵에 제일 버거웠던 걸 하나 꼽으라면 우리 사이에 여유가 없었다는 걸 말하고 싶어. 뭐랄까, 선반 위에 아슬아슬하게 올려진 물 잔과도 같았다고 할까. 언제 떨어져서 깨져도 이상한 것이 없을 만큼 불안정했던 것 같아. 내막을 자세히 모르는 사람들이 이런 우리를 부러워하면 허전하고 씁쓸한 마음을 애써 숨긴 채 그저 나는 그들 앞에서 웃음을 유지하는 것 이외에 할 수 있는 것이 없었어. 정작 마음은 울상을 짓고 있었으면서 말이야.

그때의 나는 마음속 작은 고민조차 너에게 나눌 수 없었어. 왜냐하면 그때의 너는 나의 목소리에 귀를 기울일 경향이 없었잖아. 네가 무척 바빴던 걸 알기에 나까지 부담이 되고 싶지는 않았어. 뭔가 너의 앞길에 내가 방해되는 것만 같았거든. 그래서 어디 한번

나는 너의 불안이 길지 않았으면 좋겠어

다녀오자는 말도 눈치가 보여서 할 수가 없었어. 물론 너도 너의 미래를 위해서 정신없이 달려야 했던 사정은 십분 이해하지만, 하루도 제대로 쉴 겨를이 없이 다급해 보였던 너의 모습이 왠지 서운하게 느껴졌던 건 어쩔 수 없었어. 마치 너의 계획에 나는 제외된 것만 같았으니까.

그러다가 어느 날 내가 너에게 용기를 내어 물어봤었지. 너는 요새 행복하냐고. 굳이 나를 왜 만나는 거냐고. 그제야 어딘가 잘못된 것을 느꼈는지 주저리주저리 자기가 조급해야 했던 이유에 대해서 설명하는 너의 모습을 가만히 보니까 그동안 우리가 꽤 멀어졌다는 느낌이 들더라. 네가 좀 원망스러웠어. 너는 왜 관계의 끝에 이르러서야 나의 마음을 살피려고 하는 건지. 너만 세상을 살아 내는 게 아닐 텐데 너는 뭐가 항상 그토록 분주하고 힘이 들어서 가끔 나를 돌아보는 것도 그렇게 미루고 피곤해했는지.

혼자서 아파하다 보니 익숙해진 날들. 그 어느 틈에서 새어 나온 울음. 우리 이쯤에서 그만하는 게 맞는 거 같아.

이제야 겨우 말하지만
너랑 만나면서 나 많이 외로웠어.

나는 제법 미워했고.

나만 진심이었던 것 같아

너는 지금까지도 깨닫지 못했겠지만 내가 느꼈던 너라는 사람은 되게 차가운 존재였어. 그래서 시간이 지나면 지날수록 내가 없는 너의 마음에 나를 호소하는 일이 점점 힘에 부쳤어. 닫힌 마음 앞에서 아무리 두들겨도 조금의 인기척조차 낼 수 없었으니까. 너와 관련된 것들은 하나하나 멀었고 딱딱했고 아팠어. 너는 여지없이 너의 무관심에게 참 냉정한 사람이었어.

혼자가 되어 사랑이라는 감정의 주변을 배회하는 나에게 누군가가 다가와 그냥 안아주기를 내심 기대도 했지만 그것도 금세 내키지 않았어. 분명 누가 필요했던 것은 사실이었지만 그렇다고 무작정 아무나 다가오기를 바란 건 아니었으니까. 솔직히 말해서 나는 아직도 많이 겁이 나. 여전히 새로운 사람을 만난다는 게 두렵기만 해. 네가 머물렀던 자리에서 다른 사람을 받아들인다는 게.

네가 아닌 사람을 또다시 너처럼 보낼 수 있다는 게. 그리고 어김없이 다시 혼자가 될까 봐. 그래서 찢어지는 아픔을 또 견뎌야 할까 봐. 그래서 힘든 거야. 사람을, 사랑을 다시 시작하는 일이.

나는 너랑 이별했지만 오늘 또 헤어지고 말았어. 불길한 예감은 틀림없이 틀리기를 바랐는데 나는 오늘도 지난 시간의 너를 앓고 있어. 그러게, 나는 나를 꽃피우지 못할 사람에게 무슨 봄날을 기대하고 있었던 걸까. 꼭 나만 진심이었던 것 같아.

견뎌야 하는 단어들에 대하여
조급해하지 않는 내가 되기를.

나는 제법 미워했고,

현실 부정

아침에 눈을 떠서 하루가 어떻게 시작되고 끝나는지 모를 정도로 정신을 놓고 살고 있어. 끼니를 거를 때가 많았고 그 자리를 종종 술과 담배가 대신하곤 했어. 그러다 보니 건강도 많이 상한 것 같아. 주변에서는 당분간 좀 쉬는 게 어떻겠냐고 말을 하는데 나는 네가 없는 일상에서 여유를 찾을 자신이 없어. 혹시라도 느슨해진 시간의 틈 사이로 다시 예전 우리의 모습이 난무하게 될까 봐. 그게 너무 아찔하고 상상만으로도 아릿해서.

나도 알아. 내가 아무리 분주하게 살더라도 너는 온종일 나의 곁을 맴돌다가 기어이 틈새를 찾아내어 비집고 들어올 사람이라는 것을. 그래서 더욱더 바쁘게 지내려고 하는 거야. 그래야만 내가 덜 아파할 수 있거든. 네가 아닌 다른 것들에 더 쫓겨야 보이지도 않는 너를 조금이라도 덜 쫓을 수 있거든.

현실을 부정하고 있어. 나 되게 한심하다. 정말 바보 같아. 너와 연애를 할 때나 하지 않을 때나 늘 나를 희생하며 지내고 있네. 이런 시간이 지나면 지날수록 마주하기에 전보다 능숙해지는 감정이라고 해도 익숙해질 수 없는 사람이라 그런가. 한차례 울고 아프고 괴로워해도 결국에는 다시 슬퍼질 사람이라 그런가.

소중한 사람을 잃어 보면 믿기지 않는 것도, 믿으면 안 되는 것도 믿게 돼. 이를테면 우리가 이전에 사랑을 했다든지, 네가 언젠가 다시 돌아올 거라든지. 뭐, 그런 것들.

시간이 제법 지나서 어느 날 문득
사랑, 이별 그리고 청춘과 같은 것들을 생각했을 때
너의 이름이 가장 먼저 떠오를 것 같아.

참 애틋한 표현을 그만큼이나 자주도 나누었으니.
그래, 인상 깊은 인연이었다.

나는 제법 미워했고,

이게 무슨 변덕이냐고

가끔은 나도 내가 괜찮은 건지 잘 모를 때가 있어. 잔잔하다가도 도대체 언제 그랬냐는 듯이 맑은 하늘을 빈틈없이 가릴 만큼의 먹장구름을 몰고 와서 기록적인 폭우를 쏟아 내곤 했으니까.

생각해 보면 내가 지쳐서 그만둔 건데, 결국은 서로가 원해서 끝낸 건데 뭐가 이렇게 아프고 슬퍼. 의미 없이 경과하는 시간을 멈추면 조금은 나아질 줄 알았는데 이별의 시작에 섰던 이유가 무색하게 나는 너무나도 많은 것들을 힘겨워하고 있어. 언제는 너를 온통 잊겠다면서 도대체 이게 무슨 변덕이냐고.

기억을 살짝만 건드려도 도미노처럼 줄줄이 와르르 무너지는 시간이 있지. 아닌 척을 하지만 아닌 게 아닌 사람이 가슴속에 한 명씩은 있지. 기어이 오늘은 그리움이 온 거야. 너를 두고서 말이야.

나는 너의 불안이 길지 않았으면 좋겠어

꼭 울리려고 작정한 사람처럼

　그때의 너는 마치 나를 꼭 울리려고 작정한 사람처럼 아픈 말들만 꺼내 놓았어. 분명 그 의미를 충분하게 전달할 수 있는 다른 말들도 많았을 텐데. 그래도 한동안 좋았던 사이였는데 너는 뭐가 그렇게까지 싫어진 걸까. 너의 말 한마디에 하릴없이 야위어 가던 나였어.

　내가 너를 사랑하는 마음은 그대로인데 너는 아닌 것 같아서 서럽고 서글퍼져. 애초에 너는 시간으로도 충족될 수 없었던 나의 욕심이었을까. 어쩌다 나는 너를 이런 인연으로 만나 이런 이유로 아파하고 이런 의미로 여겨야만 했을까. 추억이 발걸음을 멈춘 자리에서 네가 작아지던 방향으로 한숨을 쉬었어. 하염없이 늘어지던 그림자가 곧 어둠에 잡아먹혔고 나는 애먼 밤만 탓하고 있어. 너에게 무얼 빌려주었기에 나는 여태 너를 애타게 기다리고 있을까. 날이 지는 줄도 모르고.

존재감

날이 좋으면 좋은 대로, 날이 좋지 않으면 좋지 않은 대로 시선이 닿는 길거리, 골목 어디에나 우리가 있어. 네가 좋아했던 것들 앞을 지나갈 때는 지난날 나의 웃는 모습이 너의 뒤를 따라갔고, 내가 사랑했던 것들 앞을 지나갈 때는 지난날 너의 웃는 모습이 나의 뒤를 따라왔어. 안타깝게도 우리가 무한히 아끼던 사랑은 저물었지만 너를 그토록 아끼던 나는 여전히 이 밤에도 밝게 빛나고 있어. 상이하게도 너의 세상에 칠흑 같은 어둠이 드리워도 나의 존재감은 전무하겠지만.

외로운 가로등만 서 있는 텅 빈 거리. 네가 없는 이곳에는 그리운 날들의 우리만 가득해.

그래서 그랬어

정말 무엇 하나도 아깝게 느껴지는 것이 없어서 너에게 줄 수 있는 전부를 주고야 말았어. 비록 그래서 현재 처한 상황이 아주 난처하게 되었더라도 꼭 나쁘지만은 않았다고 생각해. 내가 신음하는 명목이 너라면 어떤 고통도 나름 합리적이라고 판단했거든.

그래서 그랬어. 그렇게 해서라도 너를 곁에 두고 싶었으니까. 나도 내가 어리석었다는 걸 잘 알아. 그렇지만 사랑이라는 게 항상 이성적으로만 할 수 있는 것은 아니잖아. 그때는 엄연히 그게 답이었던 거야. 감성적으로 나를 남김없이 소비했던 사랑이.

그러고 보니 그렇네. 마음을 알맞게 쓰지 못해서 울기도 참 많이 울었다. 그래도 후회는 없어. 마음을 꺼림직하게 남기는 것이 다 써 버리는 것보다 싫었으니까. 다치더라도 원하는 사랑을 했던 거야.

나는 제법 미워했고.

말의 영향

같은 안녕으로 다른 만남과 헤어짐을 겪고 나니까 사람 사이에서 말이 얼마나 중요한 역할을 하는지 알겠더라고. 지난날 나의 연애는 대화로 피어나고 시들었어. 길었던 말은 감동과 실망의 여지가 있었고 짧았던 말은 설렘과 서운함의 여지가 있었지. 그렇게 길기도 했고 짧기도 했던 대화는 높고 낮은 온도를 오르고 내렸어.

누구는 말 한마디로도 큰 빚을 갚는다던데, 그 사람과 나는 서로의 마음에 오랜 신세만 지고 말았어. 솔직한 마음으로는 후회스러워. 순간적인 감정에 너무 치우치지 말았어야 했고 주워 담지 못하는 것에 좀 더 신중해야 했어. 맞아, 시작하더라도 무작정 마음을 다할 것처럼 말하지 말았어야 했고 끝내더라도 영원히 다시 보지 않을 것처럼 말하지 말았어야 했어. 그렇지만 어쩌겠어. 이미 엎질러진 물인데.

다음번에 내가 그 사람만큼이나 좋아할 수 있는 사람을 만나 다시 사랑을 시작하게 된다면 그때는 언어의 온도로 인해 마음이 화상을 입거나 동상에 걸리지 않는 연애를 하고 싶어.

말은 한 송이의 꽃이 되기도 하고 한 자루의 칼이 되기도 하잖아. 이왕이면 훗날 나의 사랑 주변에는 저마다의 빛깔을 뽐내는 알록달록한 꽃들이 많았으면 좋겠어.

나는 제법 미워했고,

상처를 주지 않는 대화법

하나, 지나간 일로 비교하지 말 것.

둘, 섣불리 예상하고 임의적으로 단정 짓지 말 것.

셋, 걱정이라는 명목으로 다그치지 말 것.

넷, 아픔과 예민의 기준을 스스로 판단하지 말 것.

다섯, 상황의 차이로 사람을 차별하지 말 것.

말을 예쁘게 하는 것도 좋지만
무엇보다 먼저 아프게 하지는 않기를.
나의 마음만큼이나 상대의 마음도
참 소중한 거니까.

어디서부터 잘못된 걸까

약속 시간보다 이르게 도착해서 나를 기다렸다고 빙그레 미소 짓던 너도, 바쁘고 피곤한 일상 속에서도 언제나 나를 최우선으로 여기던 너도, 유독 나에게 모질게 굴던 세상 앞에서 늘 든든하게 내 편을 들어주던 너도, 나에게 한시도 시선을 떼지 못하고 무엇을 해도 예쁘다고 아껴 주던 너도.

네가 변한 건지 아니면 내가 예민해진 건지. 언제부턴가 그때 의 너는 내가 사는 세상에서 행방불명이 되었어. 우리는 뭐가 문제 였을까. 답답한 마음, 늦은 밤에 너를 시선 저편에 두고 한참을 힘 없이 바라보다가 책상에 앉아 종이와 펜을 잡고 단상을 적어 내려 갔어. 무슨 말이라도 늘어놓으면 이런 갑갑한 기분이 조금은 해소 될까 싶어서. 그런데 어쩌면 수취인 불명의 편지가 되어 버릴 것 들. 이 편지에는 보내는 사람이 있는데 받는 사람이 없어. 아니, 받

나는 제법 미워했고,

는 사람은 있는데 읽는 사람이 없고. 이런 나의 마음에는 네가 있는데 손끝에서 흘러내린 글자들 곁에는 네가 없어. 도대체 우리는 어디서부터 어긋났던 걸까. 그러고 보니 너나 나나 진심이 고스란히 묻은 손 편지를 참 좋아했었는데. 문득 그때 생각이 나서 너를 써 내려가는 밤이야. 비록 네가 읽지는 못하겠지만.

사람은 사람에게 마지막 문장으로 기억된다.
그래, 너는 내가 적은 가장 아픈 문장이었다.

누가 좋아서 헤어지겠어

그냥 한 명이면 되는 건데. 그저 언제나 묵묵히 내 편이 되어 줄 수 있는 사람 한 명이면. 내가 오늘 몇 시에 일어났고, 뭘 먹었고, 무슨 일을 겪었고, 어떤 기분이었고, 언제 잠들었는지 나에게 다정한 애정이 섞인 관심을 가져 줄 수 있는 사람 단 한 명이면 충분한 건데.

그게 참 어렵기만 하지. 그런 사람을 만난다는 것과 내 곁에 오래도록 둔다는 게. 세상 어느 누가 좋아서 헤어지겠어. 그러기 싫어도 어쩔 수 없었으니까 다들 그 아픈 걸 아파하고 있는 거잖아.

우리 잠시만 마음의 짐을 내려놓자. 속절없이 밀려오는 불가항력의 감정에 맞서지 않기로 해. 참을 수 없는 것을 참으려고 하면 자칫 병나기 쉬워. 지금 우리에게는 벌어진 전부를 무난히 감당해 낼 도리가 없잖아. 우리, 조금만 더 아파하기로 하자. 당장 우리에게 필요한 건 오기가 아니라 회피나 수용일 테니까.

나는 제법 미워했고.

힘내지 않아도 괜찮아

마주하는 것이 두렵다면 외면해도 돼. 견디는 것이 어렵다면 버티지 않아도 돼. 용기 내는 것이 버겁다면 시작하지 않아도 돼. 가만히 있는 것조차 벅차다면 더더욱 가만히 있어도 돼. 힘들면 힘내지 않아도 돼. 그렇게 충분히 쉬고 나서 다시금 나아가려고 할 때 혼자 일어서기 어렵다면 누군가를 붙잡고 일어나도 돼. 그래도 돼. 다 괜찮아. 그러니 영영 무너지지만 마. 그거 하나면 돼.

겉으로 내비친 적도 없었을 텐데
어느 누구보다 정말 많이 힘들었겠다.
그리고 이제는 좀 그만 힘들었으면 좋겠고.

나는 너의 불안이 길지 않았으면 좋겠어

아무래도 사랑은

우리는 누군가를 다정하게 사랑하고 나서 다양한 이유로 상대를 이해하지 못하겠다며 헤어지곤 해. 마치 애초에 멀어지려고 사랑했던 사람들처럼. 차가워진 생각, 자꾸 먼 곳을 찾는 표정 그리고 자신을 보호하기 위한 가시 돋친 말투까지. 아무래도 사랑과 이별 사이에는 사람이 버틸 수 있는 것보다 버틸 수 없는 것들이 더 많은가 봐.

누가 그러더라. 하나부터 열까지 다른 사람은 있어도 같은 사람은 없다고. 그래서 관계가 쉽지 않은 것 같아. 사람 사이에서 필연적으로 존재할 수밖에 없는 차이점 때문에 종종 서로에게 어려움을 느끼는 거고. 그리고 설령 전후 상황을 다 이해했다고 해도 번번이 사람마저 이해할 수 있는 건 아니잖아. 우리는 저마다 다른 사람들이니까.

나는 제법 미워했고.

사랑 말이야. 이 어려운 감정은 단순히 사랑한다는 이유로 상대의 모든 것을 낱낱이 확인하고 바꾸려는 게 아니라 그 사람의 본모습을 있는 그대로 받아들이면서 아껴 주고 보살펴 주어야 하는 것 같아. 너무 까다롭고 복잡하게 생각하지 않고 그냥 보이는 모습 자체로 서로를 존중해 주는 것. 나의 방식도 충분히 틀릴 수 있다는 마음으로 상대를 대하는 것. 그런 자세가 제일 중요한 것 같아.

연애를 오래 하려면

처음부터 그 사람과 나는 비슷한 점이 많았어. 슬픈 영화를 볼 때면 깊은 사연이 있는 사람처럼 펑펑 눈물을 쏟기 일쑤였고 정말 맛있는 음식을 먹을 때면 미간을 찌푸리며 행복이 섞인 짜증을 내곤 했어. 평소에는 사소한 연락과 표현을 되게 중요시했고 이따금 정성스레 손으로 쓴 편지를 건네는 일에 보람을 느꼈어. 주변 사람들이 우리는 생긴 것도 닮았다면서 천생연분이라 말할 정도였지.

그런데도 우리는 헤어졌어. 통하는 게 정말 많아서 크게 싸울 일도 별로 없을 거라고 생각했는데 사람 사이가 말처럼 또 그렇지는 못하더라. 시간이 지날수록 우리의 다른 점들은 점차 두드러지기 시작했어. 처음에는 사소한 부분이라고 생각했는데 나중에는 걷잡을 수 없이 커져 버렸어. 그렇게 우리는 우리에게 소홀해졌고 끝내 멀어지고 말았어.

전부 지나고 나니 알겠더라고. 사랑을 오래 하려면 단순히 비슷한 점이 많은 사람을 만나야 하는 게 아니라 다른 점도 비슷하게 만들 줄 아는 사람과 만나야 한다는 것을. 그런 노력을 꾸준히 하려는 사람과 만나야 한다는 것을. 처음부터 잘 맞는다고 해서 길게 할 수 있는 건 아니더라. 연애는.

관심을 주지 않기

여러 사람을 만나다 보면 꼭 그런 사람이 있지. 헤어지고 나서 자기 쪽으로만 편향된 동정과 아픔을 타인에게 호소하며 상대를 나빴고 너무했던 존재로 만들어 버리는 사람. 이상하고 이기적인 피해 의식에 빠져서 앞뒤 이해관계는 쏙 빼놓고 망상이 섞인 자기 입장이 곧 그 관계의 절대적인 사실이었던 것처럼 뒤에서 상대를 헐뜯고 다니는 사람. 그래서 다른 사람들이 너를 좋지 않게 생각했던 적도 있었을 거야. 참 난감하고 당황스럽지. 꼭 답이 없는 문제를 다루는 느낌일 거야. 사람은 관계의 끝에서 어떤 사람인지 드러난다던데 뒤늦게라도 형편없는 사람이라는 것을 알게 되었지만 이 정도였는지는 몰랐을 거야.

당연히 너도 언짢을 거야. 억울하기도 하고 화도 날 거야. 무엇보다 너에 대한 오해를 바로잡아야 성이 풀릴 수도 있겠다. 하지만

나는 제법 미워했고.

나는 네가 엉터리 소설에 놀아나지 않았으면 좋겠어. 외려 그 사람은 네가 예민해지고 매번 반응하기를 내심 바라고 있을 수도 있어. 무시해도 좋은 사람과 상황을 계속 의식하다 보면 새로운 문제들만 또 야기될 거야.

어여쁜 이름아. 너는 소설보다 수필이 더 어울리는 사람이잖아. 꽃다운 마음으로 솔직하고 담백한 생각과 감정을 나눌 수 있는 사람들에게 집중할 수 있었으면 해. 부디 인상을 쓰게 하는 사람에게 과분한 관심을 주지 말고서.

이름아, 너의 앞에는 좋은 일들만 가득하기를 바라지만 삶이 마음처럼 되지 않아서 때로는 살아 내는 게 버겁다고 느껴지더라도 너무 좌절하지 않았으면 좋겠어. 네 곁에서 내가 항상 응원하고 있다는 걸 잊지 마. 언제 어디서든 꼭.

새벽이라 감성에 젖어서 하는 말이 아니고
그냥 좀 네가 진심으로 잘 지냈으면 좋겠어.
이렇게 간절히.

내가 하지 못했던

성숙한 사랑은 너 자신을 한없이 희생하면서까지 상대방에게 마음을 쓰고 가진 전부를 내어 주는 게 아니야. 가장 먼저 누구보다 네가 너를 살필 수 있어야 해. 모든 사랑은 반드시 이게 기초가 되어야 해. 그래야 안정감이 있는 사랑을 할 수 있더라.

그런 후에 일상 속에서 너무 넘치지도 모자라지도 않을 정도의 감정으로 꾸준히 상대의 곁에서 자리할 수 있는 것. 그러한 태도로 함께 행복을 맞이하고 불행에 맞설 수 있는 것. 서로에게 짐이 아닌 지금이 되어 주는 것. 큰 울음이 되는 것보다 잦은 웃음이 되어 주는 것. 감정의 동요로부터 떨고 있는 상대의 두 손을 꼭 잡아 주는 것. 혼자서 좋지 않은 생각까지 하도록 내버려 두지 않는 것. 그런 거야. 내가 하지 못했던.

그냥, 그냥, 언젠가 미래에 우리가 다시 만날 기회가 있다면 말

나는 제법 미워했고,

이야. 무엇을 다시 시작하지 않더라도 그저, 그저, 못다 한 이야기를 나눌 수 있는 시간이 주어진다면 너를 다시 만나기 전까지 혼자서 끙끙 앓아 오던 단어들을 네 앞에서 후회 없이 털어놓을 수 있으려나. 그럴 수 있다면 너는 내게 무슨 말을 보이려나. 내 첫마디부터 끝마디는 여전히 사랑일 텐데.

그런 게 아니라면

언제인가 책에서 그런 글을 읽었어. 헤어지고 그 사람이 연락이 없는 것은 그럭저럭 지낼 만하니까 그런 거라고. 그런데 있잖아. 그 사람이 엔간히 지낼 만해서 연락이 없는 게 아니라면 너는 혹시 그 사람의 하루를 짐작할 수 있겠니. 되돌릴 수 없는 운명의 끝에서 한때 전부였던 사람에게 짐이 되기 싫었던 탓에 외로이 침묵해야만 했던 가여운 마음을. 공기조차 무겁게 느껴지는 밤을 홀로 견뎌 내야 했던 가련한 마음을. 그리고 그 사람이 너와 헤어진 나라면 말이야.

설명할 수 없는 메스꺼운 감정이야. 쉬이 나아지지 않는. 끝끝내 이럴 인연이었다면 우리 사이에 마치 아무런 일도 없었던 것처럼 어서 지나가기를 바라고 있어. 앞으로 내가 살아갈 날들이 너를 눈치채지 못하게.

나는 제법 미워했고.

사랑에 있어서 어른이 된다는 것

어른처럼 사랑한다는 것은 그만큼 성숙한 사랑을 의미하는 거겠지. 기분에 의해 쉽게 흔들리지 않고 차분하게 서로를 믿고 의지하는 것. 꼭 웃음을 위해서만 함께하는 것이 아니라 울음을 위해서도 동행하는 것. 각자의 방어 기제를 인정하고 이해와 배려를 통해서 그 차이점을 줄이려고 노력하는 것. 그리고 온전한 '나'라는 사람으로 상대 앞에서 바로 설 수 있는 것. 이런 것들 말이야.

그런데 말처럼 사랑에 있어서 어른이 된다는 것은 내가 너를 잊는 것만큼이나 어려운 일인 것 같아. 나도 나름 어른이 되어 가고 있다고 생각했는데 마음은 또 그게 아닌가 봐. 나이가 늘어 가고 생각이 깊어진다고 지난 일까지 담담하게 여길 수 있는 것은 아니더라고.

왜 그럴 때 있잖아. 누가 말없이 안아 준다면 금방이라도 울어

버릴 것만 같을 때. 인생을 길게 보면 정말 잠시 스쳐 가는 사람일 텐데 그 잠깐이 너무 아파서 주저앉아 눈물을 쏟아야만 할 때. 지금 내가 그래. 그저 남들처럼 평범하게 사랑하고 싶은 마음뿐이었는데 그때의 우리는 뭐가 그렇게 어려웠고 아팠는지. 끼니를 거르면서까지 울고불고 난리였지.

지금도 그렇겠지만 지난 시절의 우리는 한참 어렸던 것 같아. 그랬던 날에 너에게 나는 어떤 사람이었니. 글쎄, 너는 어떤지 모르겠지만 나에게 너는 좋지만 동시에 미운 사람이야. 야속하기만 한 기억과 시간의 틈에서 네가 보고 싶던 마음은 쉬웠는데 너를 보고 싶지 않아야 했던 이유가 너무 어렵기만 했으니까. 가끔 멍한 상태로 네 생각을 하고 있으면 잠들지 않고서 꿈을 꾸고 있는 것만 같아. 그 생각의 끝에는 항상 미련과 원망 그리고 후회가 남더라.

마음도 근육처럼 단련하다 보면 웬만한 외부의 자극에도 끄떡없다던데 너는 아주 깊은 곳에서부터 일어나는 아픔이라 솔직히 어떻게 해야 할지 막막하기만 해. 더 성숙한 어른이 되면 그래서 더 나은 사랑을 할 수 있게 되면 이런 것들도 웃고 넘길 수 있는 순간이 올까. 시간이 그 정도 흐르면 너도 나의 안에서 고요해지는 날이 올까.

드라마에서 그러더라. 모든 건물은 외력과 내력의 싸움이라고. 바람, 하중 그리고 진동처럼 있을 수 있는 모든 외력보다 내력이 더 세면 버티는 거라고.

나의 이별도 그랬으면 좋겠어. 너로부터 불어오고 흔들리는 묵직한 아픔보다 나 자신을 지탱할 수 있는 힘이 훨씬 더 컸으면 좋겠어. 나의 마음이 다시 무너지는 일이 없도록.

미워하더라도

그지없이 미운 사람이 있지. 누구나 그래. 저마다의 마음에는 그런 사람이 적어도 한 명씩은 있어. 증오하기까지 분명 어떤 이유가 있었을 텐데 그 내막을 세세하게 설명하기 꺼려질 때는 그냥 이유 없이 싫은 사람이 되기도 하는 존재.

하지만 하나만 당부할게. 사람을 미워하게 되더라도 상대의 마음을 송두리째 찢어 놓을 수 있는 모진 말과 행동은 절대로 하지 않았으면 해. 지나고 보니 다 부질없는 시간이더라. 화가 났다고 해서 자신의 감정을 주체하지 못하는 건 정말 부끄러운 일이잖아.

누군가를 미워하는 일은 굳이 바깥으로 표출하지 않고서 무관심으로 일관하더라도 충분한 일인 것 같아. 그래, 더도 말고 덜도 말고 그거면 되는 거야.

지나치게 미워하게 되면

하나, 육체적, 정신적으로 피곤해진다.

둘, 생각과 마음이 부정적으로 변한다.

셋, 주변 사람들에게 실수를 하게 된다.

넷, 스트레스로 인해 삶이 피폐해진다.

다섯, 나 자신이 제일 힘들어진다.

그냥 흘려보내자. 알아서 멀어지게 내버려 두어도 돼. 뭘 하든 마음대로 하라고 하고 너의 인생에 더 집중할 수 있었으면 좋겠어. 그렇게 시간이 지나면 제풀에 지쳐 입을 다물 사람이야.

인간관계에서 받은 상처

사실 인간관계라는 게 제일 어렵지. 영문도 모른 채 미움을 받기도 했을 거고 마음을 다해도 닿을 수 없는 사람이 있었을 테지. 또 오해는 한번 싹트기 시작하면 쉽게 풀리는 법을 몰랐을 거고 화는 한번 들끓기 시작하면 다시 수그러들 줄 몰랐을 거야. 아무래도 세상은 너에게만 참 모질고 예민하게 구는 것 같기도 해.

그런데 너는 알까. 그리도 까탈스러워 보이는 세상에 너를 증오하는 사람들만 정말 많아 보이지만 실은 너를 애지중지하는 사람들이 비교도 안 될 만큼 더 많다는 명백한 사실을.

그럼에도 불구하고 네가 지금까지 살아오면서 치렀던 여러 관계의 과정과 결과가 좋지 못했을 수도 있어. 하나 너무 상심하지 않았으면 좋겠어. 사람 일이라는 게 그렇잖아. 어쩌다 기쁠 수도 있고 슬플 수도 있는 거니까. 영원한 불행이라는 건 없어. 네가 그

나는 제법 미워했고,

동안 사람 때문에 울었다면 앞으로는 사람 덕분에 웃을 차례야. 이미 지나간 일들은 그저 운이 나빴고 너와 맞지 않았던 인연이라고 생각하기를 바라. 나는 네가 그럴 수도 있고 아닐 수도 있는 것에 오래도록 얽매이지 않았으면 해.

명심해 주라. 받은 마음이 준 마음보다 덜하더라도 그게 너의 가치를 의미하는 건 절대 아니야. 굳이 다른 것들을 고려하든 고려하지 않든, 너라는 사람은 그 자체로 참 아름답고 중요한 존재야.

홀로 견뎌 내기가 결코 쉽지 않았을 텐데 여전히 네가 있어야 할 자리에서 오늘도 잘 살아 내고 있는 모습이 참 기특하고 대견해. 열심히 존재해 주어서 고마워.

네가 잠시 떨어지고 있다면
그것은 단순한 추락이 아니라
다음 비행을 위한 착륙이기를.
더욱 근사할 여정을 위한
준비의 과정이기를.

미화하지 말아

사람의 촉을 마냥 무시할 수는 없어. 모든 것에는 저마다의 이유가 있으니까. 특히 인간관계에서 비롯된 직감은 더욱 그래. 마냥 아닐 거라고 생각하기에는 좀 무리인 부분도 많더라고. 혹시 네가 어렵고 힘들게 여겼던 마음이 반복되고 있다면 그것은 곧 너를 대하는 상대의 마음이 그 정도라고 말할 수 있어. 사람 일에 누가 확신을 할 수 있겠냐마는 네가 터무니없이 그런 생각을 하고 그런 감정까지 느끼지는 않았을 테니까 적어도 그 근처에 있을 여지가 크다고 볼 수 있지.

살면서 나름 다양한 사람들을 경험해 보니까 굳이 타인의 마음을 애써 미화하면서까지 지낼 필요는 없겠더라고. 어떤 이유에서도 중요한 것은 너의 마음이잖아. 네가 아프게 느꼈다면 실제로 상대의 마음 또한 날카롭고 모난 모습일 확률이 높아. 그러니까 너를

나는 제법 미워했고,

불편하게 만드는 사람의 마음을 너의 희망대로 아름답게 꾸미지 말아. 그 사람은 다를 거라고, 아닐 거라고 변호하지 말아. 혼자서 속을 애태우며 힘들어하지 말아. 그 사람과 그 사랑이 아니어도 너는 변함없이 어여쁘고 행복할 수 있는 존재이니까. 그렇잖아. 네가 왜, 뭐가 아쉬워서.

울어도 돼

마음 한편이 찢어질 듯이 아파서 울음이 터져 버릴 것 같으면 그냥 울어. 그거 조금 참아서 얼마나 행복하겠다고 안간힘을 다해 참고 있어. 혹여나 너에게 여태껏 그 사랑을 잊지 못하고 있었냐면서 네가 감당하고 있는 아픔의 반의반도 이해하지 못하는 사람들의 말은 듣지도 마. 그냥 울어도 돼. 그게 창피하다거나 잘못된 것은 전혀 아니니까.

이왕이면 네가 오열했으면 좋겠어. 목이 쉴 때까지, 눈이 부을 때까지, 몸에서 열이 날 때까지, 머리가 아플 때까지. 그래서 속에 있는 응어리를 모조리 쏟아 낼 수 있었으면 좋겠어.

있잖아. 나는 네가 눈치를 보지 않고 울고 싶은 날에 마음껏 울 수 있기를 바라. 슬픔을 해소하는 일까지 다른 사람의 관여를 받지 않았으면 하니까. 오롯이 너 자신에게 모자람이 없는 기회를 만

나는 제법 미워했고.

들어 주기를 바라. 정말이지 네가 했던 사랑을 경험해 보지 못했던 사람들은 몰라. 고작 시간을 보내고 다짐을 고치는 일 따위로 잊을 수 있는 사람이 아니라는 것을.

충분한 과정을 통해서 속 시원하게 털어 냈으면 좋겠다. 다만, 너무 오래 아프지 않았으면 해. 살아 내고 있는 지금이 설령 어려운 순간이라고 해도 답이 없는 시간은 아니기를 바랄게.

.

마음에 새겨 두면 좋은 문장들

1. 지레 겁먹지 말자.

2. 지나치게 걱정하지 말자.

3. 침착하게 다시 생각해 보자.

4. 신중하게 행동하자.

5. 그럴 수도 있지.

6. 이런 날도 있고 저런 날도 있는 거지.

7. 괜찮아, 잘하고 있어.

8. 난 쉽게 무너지지 않지.

9. 화내지 말자.

10. 내 기분은 내가 정해.

나는 제법 미워했고,

11. 다시 하면 돼.

12. 안 되면 될 때까지.

13. 조금만 쉬자.

14. 좀 실수하면 뭐 어때.

15. 듣고 보니 그렇네.

16. 좋은 경험이었어.

17. 오히려 좋아.

18. 어디 한번 해 보자고.

19. 자, 가 보자고.

20. 그래, 이거거든.

나는 너의 불안이 길지 않았으면 좋겠어

21. 나는 내가 좋아.

22. 나는 역시 최고야.

23. 생각보다 별거 아니네.

24. 결국 이룰 거야.

25. 거봐, 나는 뭘 해도 되는 사람이야.

26. 앞으로 더 잘될 거야.

27. 모든 것은 때가 있어.

28. 우주가 나를 응원하고 있어.

29. 나는 나를 믿어.

30. 오늘도 애썼어.

나는 제법 미워했고,

영원한 건 없으니까

불과 작년까지만 해도 관심이 없어서 전혀 듣지 않던 장르의 노래가 이제는 나와 같이 길을 걷고, 일을 하고, 밥을 먹고, 운동을 하고, 샤워를 하며, 하루 끝에서 나란히 서 있어. 꼭 노래가 아니더라도 다른 것들도 마찬가지야. 전에는 입에 대지도 않았던 음식에 매료되기도 하고, 다시는 하지 않겠다고 호언장담하던 일을 또다시 하게 되기도 하며, 싫어했던 사람에 대한 악감정이 누그러져 한번쯤 대화를 나누어 보고 싶기도 할 때가 있지.

모든 게 그래. 평생 절대적이고 영원한 것은 없어. 그러니까 무엇이든 당장 너 자신과 맞지 않는다고 해서 아주 등을 돌리고 살지 않았으면 좋겠어. 마주한 모든 것들은 언제든, 어떻게든 변할 여지가 다분하니까. 좀 유한 마음을 가지고 바라보았으면 좋겠다. 그러지 않으면 나중에 후회스러운 부분이 생기기 마련이더라.

너는 너로 살아 주라

나는 네가 온전히 너로 살았으면 해. 어떤 사람을 만나고 헤어지더라도, 어느 상황에 맞서고 그것을 때로는 피하게 되더라도, 어떤 사랑을 동경하고 그 그리움의 끝에서 그럭저럭 지낼 수 있게 되더라도. 언제 어디서나 네가 너를 위해서 조금이라도 더 웃고 덜 울기 위해서 살았으면 좋겠어. 이 험난한 세상을 살아 내면서 마음에 난 생채기를 견디면서까지 다른 무엇을 애쓸 필요는 없는 거잖아.

한때 나도 내가 애틋했다고 자부할 수 있었던 관계들을 끝맺고 보니까 어차피 곁에 남을 사람은 남아 있고 떠날 사람은 떠나더라. 마찬가지로 일어날 일은 어떻게든 일어나고 일어나지 않을 일은 어떻게든 일어나지 않더라고. 그러니까 구태여 모든 사람에게 완벽한 타인이 되려고 노력할 필요가 없고 모든 상황에서 자신을 잃어 가면서까지 힘들일 이유도 없어. 그러니 부디 너는 너의 행복만

나는 제법 미워했고.

생각해 주라. 그렇게 누구보다 자기 자신을 위해서 살아 주라.

내가 나를 위해서 산다는 게 말처럼 만만하지 않다는 것을 알아. 행복해지려고 그랬던 건데 오히려 더 많은 불행을 초래할 수도 있지. 때로는 조마조마할 수도 있고, 울렁거릴 수도 있고, 우울할 수도 있고, 막막할 수도 있고, 답답할 수도 있고 그래서 그냥 다 포기하고 싶은 하루도 있을 거야. 그렇지만 울다가 웃다가 또 울게 되더라도 다시금 웃을 수 있는 네가 되기를 바라. 행복도 노력하면 돼. 열심히 연습하자. 기쁜 마음을, 즐거운 하루를.

귀한 사람

    너는 너의 생각보다 훨씬 더 귀한 사람이야. 그렇기 때문에 네가 당연히 아늑한 일상 속에서 평안하게 지낼 수 있었으면 좋겠어. 그러려면 먼저 너를 아프게 하는 생각들을 조금씩 멈추는 연습이 필요해. 적어도 너는 너 자신에게 차가운 비난과 질책보다는 따뜻한 위로와 응원을 건네주기로 하자. 이 부분은 꼭 약속해.

    정말 너만 모르는 내용인 것 같아. 너를 귀중하게 생각하는 사람들 사이에서는 이미 자명한 내용이지만 너의 가치는 그 누구와도 비교될 수 없고 그 무엇과도 견줄 수 없어. 네가 이 세상에서 호흡할 수 있게 해 주신 부모님, 성장하면서 같이 울고 웃었던 친구들, 든든한 너의 편이 되어 앞으로도 크고 작은 여러 일들을 함께 감당할 애인 그리고 언제 어디서든 너를 반갑게 맞아 주는 많은 지인들을 위해서라도 부디 너의 의미를 스스로 폄하하고 등한시하지 말아 주라. 정말 있는 그대로 사실만 간략하게 말했는데 너에게 조금이라도 닿았으려나. 인상을 펴고 웃어 봐. 그렇게나 예쁜 얼굴을 두고 왜.

오늘부로 좋은 생각과 감정이 너의 안에서 깊숙이 자리 잡았으면 좋겠다. 그래서 그것들이 종종 너의 웃음을 자아내기를 바라. 부디 그렇게 아프지 않기를, 우울하지 않기를, 힘들어하지 않기를, 군더더기 하나 없이 잘 지내기를. 우리, 행복에 가까워지는 일에 나태해지지 말자. 기운 내.

좋은 사람이었다면

그 사람이 정말 좋은 사람이었다면 이토록 소중한 너를 오래 기다리게 하지도, 많이 헷갈리게 하지도, 자주 무너지게 하지도 않았을 거야. 빈번하게 어긋났다면 그냥 그 사람의 뜻이 그런 거라고 생각해. 마음이 없는 곳에 핑계는 번번이 새롭고 변명은 늘 넘치기 마련이잖아. 너를 섭섭하게 했던 그동안의 행동들은 곧 그 사람의 마음이었고 생각이었을 테니까.

아쉽지만 이번이 아니었더라도 그 사람과 너는 언젠가 끝날 관계였을 거야. 다만, 그 시기가 생각보다 일렀을 뿐. 끝난 일에 너무 연연해하지 말자. 다시 일어나지 않을 다 지난 일이잖아. 사람은 잘 안 변하더라. 변하는 건 상황일 뿐. 그리고 네가 손에서 힘을 빼면 끝나 버릴 사이, 그거 사랑 아니야. 그렇게 보였던 것일 뿐이지.

술기운

그 어려웠던 상황들을 아무렇지 않게 잘 견뎌 놓고 고작 이름 몇 글자, 단어 몇 개에 무너지는 날이 있지. 네가 얼마나 속상했으면 평소 잘하지 못하는 술을 그렇게까지 마셨을까. 남들 앞에서 취한 모습을 단 한 번도 보인 적 없었던 네가 말이야. 사실 그동안 밖으로 티를 내지는 않았지만 아주 힘든 시간을 살아왔구나.

그간 강해 보였던 너의 모습과는 다르게 지금은 많이 약해진 마음일 거야. 그래서 하는 말인데, 혹시라도 술기운을 빌려서 그 사람에게 연락하는 일은 만들지 않았으면 좋겠어. 그럴 정도로 네가 용기가 부족했던 사람도 아니었고, 그렇게 해서 처음으로 되돌릴 수 있는 상황도 아니잖아. 너의 속이 말이 아니겠지만 훗날의 너를 위해서라도 이 밤을 잘 참았으면 좋겠어.

가끔은 그 사람도 그리워했으면 좋겠다.
웃는 모습의 나를.
그러다가 때로는 그 사람도 걱정했으면 좋겠다.
우는 모습의 나를.

나는 제법 미워했고,

재회

헤어졌던 사람을 다시 만나는 일. 보통 이것에 대하여 부정적인 사람들이 많은 것 같아. 흔히들 결말을 아는 슬픈 영화를 재차 보는 일이라고 하잖아. 그래, 그 말도 맞아. 분명 헤어졌을 때의 이유가 있었을 거고 상대로부터 이질감을 느끼고 이별을 결심하기까지 그 모든 순간을 신중하게 생각해야 해. 잘못하면 상처에 상처를 더하는 것밖에 되지 않을 테니까.

그렇지만 나는 네가 다시 만나 보고 싶은 사람이고 다시금 해보고 싶은 사랑이라면 그래도 된다고 말해 주고 싶어. 누가 뭐래도 선택은 너의 몫이야. 그 연애는 네가 했던 거고 그 사람을 가장 잘 알고 있는 사람도 너일 테니까. 왜, 봤었던 영화도 다시 보면 처음에 보이지 않던 부분이 새롭게 보이기도 하고 들었던 음악도 다시 들으면 전에 들리지 않던 소리가 새로이 들리기도 하잖아. 그리고 애초에 누군가를 사랑한다는 것은 상처받기 좋은 구석이 생긴다는 거니까 애정으로부터 흐르는 아픔을 두려워하지 않았으면 좋겠어. 네가 원하는 사랑을 마음껏 하면서 살아. 그것도 나쁘지만은 않아.

너는 설레는 첫사랑같이 떨리는 봄이었다가,
슬픈 드라마같이 더 울게 만드는 여름이었다가,
시든 낙엽같이 말라 가는 가을이었다가,
아쉬운 눈송이같이 금방 녹아 버리는 겨울이었다가,
지금은 내 마음속을 아스라이 선회하고 있어.

나는 제법 미워했고,

나는 내가 아껴 주어야지

네가 일방적으로 내비쳤던 마음, 그 아주 작은 것까지 놓치지 않으려고 애썼던 날들이 있었어. 부족함 없이 새겨듣고, 바라보고, 생각하고, 챙기려고 했던 그런 날들이 있었어. 당시에 나에게 있어서 너는 나의 전부였으니까. 그때는 참 왜 그랬었는지. 지나서 보니 애초에 나의 전부일 수 없는 사람에게 되게 희생적이었네.

그래서 지금의 나에게 너무 미안한 마음이야. 그때 그 정성의 반만이라도 나에게 신경을 썼더라면 오늘날의 내가 이렇게까지 망가지지는 않았을 텐데. 나를 끊임없이 소모하면서까지 유지하려고 했던 관계의 끝에는 결국 내가 없기 마련이었어.

앞으로는 누구와 사랑을 하더라도 나를 잃지 않아야지. 어떤 경우에도 나는 진정한 나의 편으로 살아야지. 그동안 못다 준 마음까지 더해서 넘치는 애정을 가지고 제일 많이 아껴 줘야지. 언젠가 내가 다시 사랑할 다른 사람만큼이나 나 역시 소중한 사람이니까.
내가 나조차 사랑하지 못하면서 누구를 아껴 줄 수 있겠어. 그래서
오늘 나는 너를 사랑했던 나와 이별하기로 했어. 어차피 나를 진정
으로 이해하려는 사람은 오로지 나밖에 없을 테니.

나는 제법 미워했고.

모든 시간은 이어져 있으니

모든 시간은 서로 긴밀하게 연결되어 있어. 그래서 오늘의 노력이 내일의 나를 더욱이 단단하게 만들어 줄 거라고 믿어. 차분함을 유지하며 기대하는 마음으로 하루를 가다듬고 있어. 분명 더 좋은 순간이 나를 기다리고 있다는 생각이 들어. 무엇 하나를 간절하게 바라다 보면 일종의 신념 같은 것이 생기는데 그런 믿음이 내 마음에 스며들고 있어. 이런 울림을 느낄 수 있는 것도 참 큰 복인 것 같아. 서서히 괜찮아질 거야. 나는 이런 내가 참 애틋해.

화창함을 응원해

우리는 가끔 참 나약한 사람들인 것 같아. 사소한 감정에도 쉽게 우울해하곤 하니까. 그래도 너무 근심하지 말아. 사람의 마음은 상처를 받고 아물기를 반복하며 더욱더 단단해지고 성숙해지는 거잖아.

부디 숙인 고개를 들어. 너의 마음을 대변하는 듯한 저 우중충한 하늘이 이내 비를 한바탕 쏟아 낼지라도 오래지 않아서 다시 맑음을 되찾을 거야. 그때까지 내가 너의 우산이 되어 줄게. 그저 나를 꼭 잡고서 세차게 쏟아지는 것들을 두려워하지 말고 나아가려무나. 울적한 순간이 지나가고 마침내 기다리던 찰나가 오면 움츠렸던 날개를 펴고 희망이 빛나는 곳으로 한 마리의 나비가 되어 가뿐히 날아가려무나.

지나가는 것들은 결국 아프거나 아름답기 마련이야. 그러니까 이제 아름다울 차례인 거고. 나는 너의 화창함을 이렇게 응원해.
전보다 더 행복해지자. 무슨 일이 있더라도 반드시.

우리 너무 걱정하지 말자.
나쁜 생각보다 좋은 생각을 더 많이 하면서 살자.
일어나지도 않은 일로 하루를 애태우지도 말자.
별일 없을 거고, 다 괜찮을 거야.

나는 너의 불안이 길지 않았으면 좋겠어

점점

사랑을 하면 할수록 남은 삶이 무거워지는 것 같은 느낌을 받았어. 동시에 괜찮다는 거짓말도 늘고 있고. 또 노을, 바다, 하늘과 같은 것들에 매달리는 시간도 길어졌어. 지난 노력이 또다시 수포로 돌아갈까 봐, 그 다채로웠던 것들이 다시금 무채색이 될까 봐, 마음을 다하는 일에 인색해지고 있어. 누가 바라만 보아도 좋은 게 사랑이라고 했을까. 잠깐의 곁눈질만으로도 하루가 이렇게 무너지고 있는데 말이야.

미련이 많은 사람은 남들보다 더 긴 하루를 살아. 그래서 더 많은 것들을 아파하고 더 깊은 것들을 슬퍼하며 살아.

나는 제법 미워했고.

다시 전처럼 지낼 수 있을까

구름이 하늘에서 예쁘장한 모양을 하고 있어도 햇빛이 없다면 그 가치가 온전하지 못하더라. 나의 마음도 비슷한 것 같아. 헤어지고 전보다 시간적인 여유가 많아졌어도 네가 없으니까 마음이 오롯이 여유롭지 않아. 어쩌면 너는 바쁜 하루 속에서도 나의 빛이었고 틈이었던 거야. 그래서 나는 혼자가 되었음에도 오히려 더 분주하게 지내고 있어.

내가 다시 전처럼 지낼 수 있을까. 네가 없이도 나 혼자서 웃을 수 있는 날이 올까. 여러 결심을 했지만, 아직 나에게는 너의 부재가 몹시 어렵기만 해.

오늘 저녁에는 천둥이 울면서 눈물이 내렸어. 네가 사는 동네의 하늘은 괜찮으려나. 이런 날씨는 이미 내가 겪은 것만으로도 충분할 텐데. 너도 나를 만나기 전으로 돌아가 잘 살았으면 좋겠어.

너를 사랑하지 않겠다고 말했고
너를 사랑할 수 없게 되었지만
나는 여전히 너를 사랑하고 있을지도 몰라.

나는 제법 미워했고.

사람과 사랑이 쉽지 않은 너에게

어려웠을 거야. 너에게 깊은 상처를 주었던 사람과 네가 더 아파해야 했던 사랑이. 어떻게 괜찮을 수 있겠어. 어떻게 사랑했던 사람인데.

지금 무슨 말이 들리겠냐마는 그래도 너를 위해서 전해 주고 싶은 말이 있어. 늘 외로웠고 허탈했던 연애의 끝에서 상대방이 더는 너에게 관심과 애정을 주지 않는다고 해서 우울해하며 스스로를 질책하지 않기를 바라. 절대로 네가 못나거나 부족해서 벌어진 일이 아니야. 외려 네가 평범한 사람들보다 마음의 온도가 더 따뜻해서 생긴 일이야.

나는 네가 두 번 다시 유사한 아픔을 되풀이하지 않기 위해서 이제부터 사람을 거를 수 있는 힘을 길렀으면 좋겠어. 이런저런 사람이 섞여서 사는 세상이고 분명 그중에는 착하고 따뜻한 너의 마음을 악용하려는 못된 사람들도 숨어 있을 테니까. 그래서 네가 누군가에게 마음을 주려거든 충분한 시간을 가졌으면 해. 사람은 오래 보아야 진짜 어떤 사람인지 알 수 있는 법이잖아. 관계를 맺고 끊는 데 큰 도움이 될 거야.

그리고 이기적인 말과 행실이 몸에 밴 사람을 멀리했으면 좋겠어. 그런 사람의 곁에서 있으면 자연스레 일방적인 희생이 필요할 거고 맞추어 주기만 하다가 끝날 거야. 그러니 너를 한 번이라도 더 보살펴 주는 사람을 만났으면 해. 그토록 아팠으면 이제 그만 고생할 때도 됐잖아.

마지막으로 사람과 사람이 만나게 되면 언제든 어떻게든 다양한 문제가 생길 수 있는데 어떤 상황이든 네가 이성적으로 신중하게 생각하고 침착하게 행동했으면 좋겠어. 마치 무엇으로부터 쫓기듯 급하게 처리하지 않아도 좋으니까 너의 빠르기에 맞게 버릴 건 과감히 버리고 간직할 건 소중히 간직하자.

명심해 주라. 너의 마음은 세상 어디에서도 팔지 않는 거잖아. 그토록 귀하고 특별한 것을 외면한 사람은 정말 운이 없는 거야. 놓친 것은 그 사람이지 결코 네가 아니라고. 그러니 울지 말고 자책하지도 말아. 부디 너는 너의 가치대로 이 세상에서 알맞은 시기에 활짝 피어나 주라.

나는 제법 미워했고.

너는 어떻게 지냈냐고

지금의 나는 너를 사랑하지 않아. 그렇지만 너는 내가 아끼는 추억 안에서 여전히 아주 작고 진한 조각으로 남아 있어. 그래서 인지 언젠가 한 번쯤은 정말 우연히 너와 마주치고 싶다는 생각을 해. 어렸던 우리가 못 본 새 성숙해진 각자로, 낯익지만 동시에 낯선 모습으로.

솔직히 두렵기도 해. 네가 보고 싶다는 생각을 지독하게 부정했고 우리가 남이 되었다는 사실을 가차 없이 인정했던 나였잖아. 그래 놓고 오랜 시간을 남모르게 아파했던 내가 그 짧은 순간으로 인해 다시 너를 마음 가까이에 둘까 봐. 어쩌다 펑펑 울 수도 있겠지. 눈물이 앞을 가려서 어떻게 마주한 너인데 그런 너를 제대로 바라보지 못할 수도 있겠고.

그래도 기약하지 않은 날에, 날짜도 날씨도 모르는 어느 날에

한 편의 영화처럼 내가 너를 다시 마주하게 된다면 두 볼에 옅은 미소를 지으며 안부를 묻고 싶어. 너는 그동안 어떻게 지냈냐고.

나는 제법 미워했고.

세상에 의미 없는 빛은 없어

세상에 의미 없이 빛나는 것은 없어. 반짝이는 것에는 저마다
의 이유가 있기 마련이야. 그간의 우울 때문에 잠시 잊고 있었겠지
만, 너는 실시간으로 참 밝고 영롱하게 빛나고 있어. 그러니 네가
살아 낸 오늘을 절대 하찮게 여기지 않았으면 좋겠어. 여실히 아주
대단한 일을 해내고 있으니까.

인생이라는 게 참 그렇지. 무엇 하나 쉽게 장담하거나 보장할
수 없고 여러 가지 제약과 억지가 난무하지만, 이토록 형편없어 보
이는 삶에도 엄연히 수많은 희망이 공존하고 있어. 지나치게 낙심
하지 말자. 일단 뭐든 할 수 있는 데까지 해 보자. 그렇게 버티고
버티다 보면 어떻게든 되겠지. 결코 헛되이 지나가는 시간은 아닐
거야.

앞으로는 더욱 용기 있게 너의 안에서 너를 빛나게 하는 것들

을 하나씩 꺼내어 치켜세우며 살아. 너는 그래도 되는 사람이야.
나는 네가 어제보다 오늘이, 오늘보다 내일이 더 찬연할 수 있기를
진심으로 응원할게. 우리 힘내자.

파이팅

'파이팅'이라는 말. 이따금씩 참 뭉클하게 다가온다. 겪고 있는 어려움에 대해서 간결하지만 가볍지 않은 위로를 들었을 때 마음이 울컥한다는 것은 지금 부단히 애쓰고 있다는 것. 더 나아지기 위해서 처절하게 노력하고 있다는 것. 너 정말 잘하고 있어. 알게 모르게 온 세상이 너를 응원하고 있어. 꿋꿋하게 이겨 내자. 충분히 할 수 있어. 그런 의미에서 내가 하나, 둘, 셋 하면 파이팅이야. 하나, 둘, 셋.

파이팅.

나를 사랑하는 방법

하나, 열심히 운동하기.

둘, 맛있는 식사하기.

셋, 영양제 잘 챙겨 먹기.

넷, 충분한 휴식 취하기.

다섯, 취미 생활 즐기기.

여섯, 내 사람들 만나기.

일곱, 나에게 선물하기.

여덟, 주기적으로 여행 다니기.

아홉, 꾸준히 일기 쓰기.

열, 늦게 잠들지 않기.

나는 제법 미워했고.

나를 사랑하는 일은 막연히 어려운 게 아니야. 남이 아닌 나를 위해 돈과 시간을 투자하며 심리적 안녕감을 느낄 수 있는 환경을 스스로에게 만들어 주는 거야.

네가 그동안 이 일에 막막함을 느꼈던 이유는 모든 걸 너무 어렵게만 생각했기 때문이지, 자기 자신을 사랑할 수 없는 사람이라 그랬던 게 아니고. 나는 네가 너라는 사람을 내적으로든 외적으로든 아끼는 일에 더는 머뭇거리지 않았으면 좋겠어. 그렇게 스스로를 다정하게 사랑할 수 있었으면 좋겠어. 이름아, 너도 너를 사랑할 수 있어.

나를 힘들게 만들었던 것

기대가 크면 실망도 크고 아픔도 크잖아. 문득 그런 생각을 했어. '어쩌면 이 이별을 이렇게나 고통스럽게 만든 건 네가 아니라 바로 나는 아닐까'라고. 너는 원래 그런 사람인 건데 괜히 내가 너를 좋게 생각해서, 괜히 내가 너를 괜찮게 여겨서, 괜히 내가 너를 놓지 못해서. 그래, 결국 나를 힘들게 만든 건 나를 스쳐 간 네가 아니라 너를 가까스로 부여잡고 있었던 나 자신인 거야.

있잖아, 비록 지금은 내가 너무 아파하고 있어서 초라해 보이고 비참해 보이지만 그렇다고 해서 지난날 너를 사랑했던 시간을 절대 후회하지는 않아. 너와의 시간 역시 내 젊은 날의 일부이니까.

하지만 나 보란 듯이 잘 지낼 거야. 그러니까 가끔 너도 내 소식을 챙겨 봐. 얼마나 괜찮게 지내는지, 얼마나 좋은 사람이었는지, 얼마나 근사한 사람을 만나 사랑하는지. 그러고 보면 나 정말 고생 많았다. 마취 없이도 혼자서 몇 번의 이별을 끝내 태연히 견뎠으니까.

만약에

우리가 어떻게 왜 헤어졌는지

그 이별의 서사를 떠나서

마지막에 네가 조금만 더 매정했더라면

내가 지금 이렇게까지

너를 그리워하지는 않을 텐데.

하필이면 그때 왜 다정해서.

나는 제법 미워했고,

3장
나는 자주 그리워했고,

: 너를 그리워했던 숱한 밤

그리워한다는 것

우리의 마음이 계절이었다면 너를 그리워하는 일은 가을이었어. 그 세상의 한가운데에는 커다란 시간의 나무가 있었어. 줄기마다 알록달록한 감정이 물든 추억이 매달려 있었는데 야속하게도 세월은 그것들을 조금씩 떼어 내고 있었어. 그리고 나는 그것들로부터 살짝 멀어진 거리에서 때로 웃기도 했고 때때로 울기도 했으며 나의 일이었지만 나의 일이 아니었기를 바라며 지난날을 부정하곤 했어. 미처 다 지나가지 못한 여름이 이른 가을에 남아 있듯이 우리는 사랑도 했고 이별도 했는데 너는 여태 서투른 나의 세상에 남아 있는 것만 같았어.

그 시기에 감정의 온도 차도 심해서 나는 자주 이별의 감기에 걸려 밤을 앓곤 했어. 밤새 아파서 잠도 못 자고 사진첩에 머물러 있는 꿈같은 우리의 모습을 보며 이 모든 것이 악몽이라면 기필코

나는 자주 그리워했고,

내일 아침에는 깨어나기를 얼마나 간절히 바랐는지 몰라. 남들은 이 계절의 하늘이 유난히 화창하고 높아서 좋다고들 하는데 나는 그런 하늘이 두렵고 무섭기만 했어. 암만 걸어도 너와 헤어진 하늘 아래였으니까. 나는 그곳 어딘가에 전처럼 멈추어 있어.

그러고 보니 나에게 있어서 너를 그리워한다는 것은 모순의 연속이었던 것 같아. 괜찮아진 것 같으면서도 사실 나아진 것이 아니었고 하루가 느리게 가는 것 같으면서도 정신을 차리고 보면 어느덧 한 주가 지나가 있었으니까. 우리는 제법 오랜 시간을 반대로 걸었지만, 마음 깊은 곳에서 여전히 너는 나의 오늘이었어. 지금의 나는 시간이 아직 떼어 내지 못한 마지막 잎새를 바라보고만 있어. 가냘프게 흔들리는 바람에도 멈추어 너를 살피고 있어. 이게 정말 마지막일지도 모른다는 마음으로.

나는 너의 불안이 길지 않았으면 좋겠어

네가 사무치는 날

하루는 연락처를 정리하다가 바뀐 너의 프로필 사진을 보게 되었어. 전보다 미소가 한결 밝아졌더라. 보이는 것처럼 너는 잘 지내고 있는 거겠지. 친구들에게는 끝난 너와의 관계에 더는 남은 미련이 없다고 질리도록 질색하며 말했으면서 나를 사랑했었던 네가 주책스럽게도 그리워진 밤이야.

그래, 무안하지만 솔직히 말해서 나는 가끔 네가 사무치도록 보고 싶을 때가 있어. 어떨 때는 나도 모르게 너의 생각에 잠겨 있다가 주변에서 나를 부르는 소리도 듣지 못하곤 해. 그러다 예상치 못한 곳에서 너의 흔적이라도 발견한 날에는 사람들의 시선으로부터 도망쳐서 얼마나 울었는지 몰라.

이렇게 가슴속에서 네가 걷잡을 수 없이 번지는 날이면 무작정 너의 번호를 누르고 아무 말도 없이 울어 버리고 싶은데 차마 잘 지내고 있을 사람에게 그럴 수는 없었어. 내가 없어도 전혀 어색하지 않아 보이는 너의 하루에 폐를 끼치기 싫었고 가까웠던 너의 모습이 너무 멀어 보였으니까.

조금 그리워하다가 괜찮아지겠지. 비록 네가 없이 세상을 살다 보면 어쩌다가 지난날이 가빠지는 순간이 올 수 있겠지만 그래도 네가 나랑 있을 때보다 행복하게 지내고 있고 나도 그럭저럭 살아내고 있다면 그것으로 우리의 인연은 충분한 거잖아. 그래, 그러면 됐지.

오늘은 밤이 제법 긴 것 같아. 그런데 오늘따라 무슨 일로 그럭저럭이라는 말이 참 슬프게만 느껴질까. 형체를 알아볼 수 없을 정도로 망가졌지만, 온 마음을 다해 사랑했던 시간이라 그런가.

너의 안부를 묻곤 해

    너는 진심으로 잘 지내고 있을까. 문득 너의 근황에 마음이 쓰였어. 밖으로 드러내기에는 부끄러운 감정이라 외로운 속앓이는 그만 버릇이 되어 버렸고. 행여나 누군가 휑하니 텅 빈 나의 가슴속에 머무는 그리움과 아쉬움을 눈치챌까 두려워서 아주 작은 인기척에도 급하게 나를 닫았어.

    새벽. 세상이 가장 어두운 시간. 각진 창문 밖으로는 하늘의 울음소리가 들려. 끝내 너는 비 오는 날 나의 새벽이 될 운명이었나. 아마도 지금 울어 버리면 아무도 이 눈물을 모를 테지. 흐르는 것들이 또다시 말썽을 부리네. 기어코 밖에서 안으로 흐르고 말았어. 감정이 넘친다. 차라리 마음이 말라비틀어졌으면 좋겠는데.

    얼마나 지났을까. 길었던 우리의 이야기. 그 마지막 장에 담담히 적은 너의 이름. 그 아래에 의미 없는 밑줄만 거듭해서 그었어.

나는 자주 그리워했고.

비좁은 마음 한구석에 고작 나를 아프게 한 사람의 이름 하나 새기려고 그 오랜 날들을 아파했던 걸까. 네가 내뱉은 가시 돋친 말들까지 깡그리 끌어안으면서까지.

나에게도 날 아프게 했던 사람의 모습을 사랑의 일부라고 믿었던 적이 있었나 보다. 나는 가끔 그런 너의 안부를 묻곤 해.

그럴 때가 있더라

살다 보니까 그럴 때가 있더라. 머리로는 말이 안 되는데 마음으로는 말이 되는 상황이 있더라. 한번 부정했다고 해서 그게 꼭 영원히 부정적으로 남지는 않더라고.

당시에는 감당하기가 꽤 버거웠어. 그래서 시간이 지나고 어쩌다 기억이 미화되고 마모되더라도 일절 그립지 않을 것만 같았는데 지나간 일이 다시 생각나고 심지어 아쉬워지는 순간이 있더라고. 이런 나를 보면서 "드디어 내가 미쳤구나" 하면서도 마음 한편에서는 '이윽고 내가 나의 감정에 솔직해졌구나' 하는 소리가 들리는 거 있지.

왠지 이런 날에는 꼭 시간에 네가 묻어 있는 듯해서 나를 둘러싼 세상이 착잡하게 느껴지곤 해. 이런 건 네가 잠시 나의 안에서 뒤척인다는 뜻이겠지. 알맞은 자리에 안착하려고. 더 나은 아픔이 되거나 더 무딘 그리움이 되기 위해서.

안녕 나의 계절

봄, 너를 처음 만났던 계절이야. 너라는 사람에 대해서 모르는 것도 많았지만 그만큼 알고 싶은 것도 많았던 시간이었어. 그때의 우리는 참 귀여웠고 애틋했는데.

여름, 너와 처음 바다를 보러 갔던 계절이야. 시간을 되돌아보니 동해, 서해 그리고 남해까지 모두 같이 갔었네. 나도 그렇지만 하필이면 너도 바다를 좋아해서. 우리는 참 선연 같은 악연이었다.

가을, 너와 처음으로 크게 싸웠던 계절이야. 나름대로 이 관계에 대해 피차 익숙해진 시기였었나 봐. 그 시절 우리는 왜 그래야만 했을까. 가끔가다가 그날 다투었던 장소를 지나가게 되면 나는 발걸음을 멈추곤 해. 우리만 사라졌고 모든 게 다 그대로야.

겨울, 너와 첫 번째로 헤어진 계절이야. 서로가 서로를 부정하고 돌아선 이후로 너는 나와 얼마나 더 헤어졌을까. 나는 계절이

나는 너의 불안이 길지 않았으면 좋겠어

기억하는 너의 모습 때문에 최근까지도 몇 번은 더 헤어지곤 했어.

그래, 너는 나의 계절이었어. 봄에는 봄의 옷차림으로, 여름에는 여름의 옷차림으로, 가을에는 가을의 옷차림으로, 겨울에는 겨울의 옷차림으로. 나는 각기 다른 계절을 같은 마음으로 사랑했어. 그러나 이제 이 세상에는 아무런 계절도 없어. 어떤 계절도 없는데 반복되는 계절을 살아 내는 나만 있어. 나는 그런 시간을 다음 달에도, 다음다음 달에도, 혹은 그 이후에도 참아 내야 할 텐데 계절의 내음을 품은 옅은 바람에도 네가 이렇게나 많이 밀려오고 있어.

도대체 어떤 계절이 지나야 너를 죄다 잊을 수 있을까. 전부 잊었다고 말했지만 설명할 수 없이 그리운 사람이 인정하기 싫은 나의 마음속에 여전히 살고 있어.

나는 자주 그리워했고.

나 힘들어

나 힘들어. 힘든 것보다 힘들지 않은 것을 찾는 게 훨씬 더 어려워. 그만큼 다 힘들어. 작은 것부터 큰 것까지 모조리 버거워. 한 번은 지인들이 나에게 말했어. 무슨 일이냐고, 괜찮으니까 말해 보라고. 그런데 그냥 별일 아니라고 둘러댔어. 어차피 이런 나를 온전히 이해해 줄 사람도 없고, 말하는 나도 힘겨울 거고, 설령 누군가가 전부 들어 준다고 하더라도 그 사람 또한 듣는 도중에 너처럼 나를 떠날 걸 아니까. 결국에는 또 나 혼자 남아서 아린 마음을 달래야 할 게 뻔하니까. 감정 쓰레기통은 내 마음 하나로 족하다고 생각해. 그래서 고집을 부리면서까지 혼자 꾹 참고 견디는 거야.

되돌릴 수만 있다면 우리가 서로를 알기 전으로 돌아가고 싶어. 너를 알기 이전의 나로, 나를 알기 이전의 너로 모든 것을 돌려 놓고 싶어. 그러면 이렇게 가슴이 찢어지는 통증과 온 세상에 번지는 우울을 감내하지 않아도 될 테니까.

기억을 잃어버리고 싶어. 어처구니없게 이런 말 따위를 하고 있지만 불가능하다는 것도 잘 알고 있어. 가령 기억을 잃어버릴 수 있다고 해도, 그래서 너를 모르는 세상에서 살아갈 수 있다고 해도 그런 날의 내가 너를 다시 사랑하지 않을 수 있을까. 끝끝내 다시 너의 앞에 있을 것 같은데. 그래, 더는 사랑할 수 없지만 나는 여전히 너를 사랑하고 있어.

나는 자주 그리워했고,

나를 사랑하지 않는 너

너는 깊은 한숨을 쉬며 왼손으로 머리칼을 쓸어 넘겼어. 그러고선 꽤 많아 보였던 할 말 대신에 차디찬 시선을 떨궜지. 처음에는 그런 너의 행동에 이유가 있을 거라고 생각했어. '무슨 안 좋은 일이 있는 거겠지', '혹시 어디 아픈 곳이 있나', '뭐가 잘 마음처럼 되지 않았나' 하며 속으로 다른 이유를 찾기 바빴어. 그런데 지금 생각해 보니 너는 그냥 나에게 마음이 없던 거였어. 그렇게 우리는 한참을 말없이 있었어.

네가 그때 무슨 말이라도 들려주었더라면, 내가 그때 무슨 말이라도 들어 주었더라면, 그랬다면 내가 지금 바로 너에게 전화를 걸어도 이상한 부분이 없었을까. 우리가 우리였었던 우리에게 조금만 더 최선이었다면 말이야.

그런 생각이 들어. 너와 내가 나중에 만났더라면 다를 수 있었을까. 사랑에 대해서 좀 더 알게 된 후에 연애를 시작했더라면 우리는 지금보다 괜찮았을까. 그래도 한때 서로의 안식처를 자처했던 사이였는데 무슨 일로 우리는 서로에게 이런 눈빛을 보이고 있는 걸까. 하나같이 멀어지는 것들은 말이 없거나 아픈 말만 늘어놓는다. 남겨진 사람은 어떻게 살아가라고.

나는 자주 그리워했고,

사람들은 결국 헤어지나 봐

우리가 사귄 지 100일이 조금 넘었을 때였을 거야. 문득 서로의 친구 이야기를 하다가 둘이 잘 맞겠다 싶어서 자리를 마련해 준 적이 있었어. 날씨가 참 좋았던 날의 여의도였지. 계절은 봄을 노래하고 있었고 한강의 운치를 배경 삼아 우리 넷은 돗자리를 빌려 치킨과 맥주를 시켰어. 기분 좋은 어색함이 은은하게 주변을 맴돌았고 그때 분위기가 너무 좋아서 왠지 무슨 일이 일어날 것만 같았어. 그런데 아니나 다를까 며칠이 지나서 소개를 받았던 둘은 사귄다는 소식을 전해 왔고 우리는 종종 다 같이 시간을 보내곤 했어. 나에게 그날의 기억은 지금까지도 푸근하게 남아 있어.

그러다가 걔네가 만난 지 300일이 조금 넘었을 때였나. 그만 둘이 헤어졌다는 소식을 전해 들었어. 기분이 묘했어. 무척 안타까운 마음으로 너랑 카페에 앉아서 그 둘에 대해 이런저런 이야기를 나누었던 게 기억이 나. 남이 헤어진 이유를 살피면서까지 우리는 미리 조심하고 또 주의해서 헤어지지 말자며 다시금 서로의 마음을 견고히 했지. 하지만 결국 이런 글을 쓰고 있는 나 또한 너와 헤어지고 말았어. 그때 우리가 나누었던 대화는 도대체 뭐였지.

오늘은 볼일이 있어서 여의나루역 근처에 갔다가 해 질 무렵에 혼자 한강을 찾았어. 괜스레 그때 생각이 나서. 어수선한 기분에 잠겨 멍하니 걷다가 적당한 벤치에 앉아서 노을빛에 일렁이는 윤슬을 오래도록 바라만 봤어. 그해 봄날의 나는 말이 참 많았던 것 같은데 이제는 마음이 비어서인지 말수가 적어졌어. 해는 저물어 가는데 지난날은 무슨 할 말이 아직도 그리 남아 식어 가는 노을빛에도 나를 한참 잡아 두는지.

그리움은 아무리 그리워해도 끝내 그리움일 텐데, 사람들은 아무리 사랑해도 끝끝내 함께 살아갈 수 없나 봐. 꼭 우리처럼.

나는 자주 그리워했고.

이별 버스

지금도 그렇지만 나는 예전부터 버스를 타면 포근함을 느꼈어. 마음에 드는 자리에 앉아 요즘 푹 빠진 가수의 노래를 들으며 차창 너머로 흘러가는 세상을 빤히 바라보고 있으면 기분이 참 편안했거든. 그중에 네가 사는 동네로 가는 버스를 참 좋아했어. 이 버스는 언제나 이탈하는 일 없이 나를 늘 너에게 데려다주었으니까. 버스 창문이 액자라면 내릴 때까지 그 액자 속에서 움직이는 한 폭의 그림 같은 풍경을 사랑했어. 그리고 때가 되어 나 또한 그 그림의 일부가 될 무렵에 정류장에서 나를 기다리고 있던 너를 끌어안는 일도 사랑했고.

우리 헤어지고 말이야, 너에게 말은 하지 않았지만 혼자 그 동네를 몇 번 찾아가곤 했어. 텅 빈 놀이터에 앉아 한참을 울고 오는 게 내가 이 이별에서 유일하게 할 수 있는 일이었거든.

시간이 제법 지났고 나는 이런 글을 쓰는 사람이 되었어. 여전히 그 버스를 타고 같은 정류장에 내리더라도 내가 멈춘 자리 그 어디에도 너는 없겠지만 나는 지금도 가끔 네가 그 자리에서 웃는 얼굴로 나를 기다리고 있을 것만 같아.

오늘 저녁에는 약속이 있어서 친구를 보러 갔다가 집으로 돌아오는 길에 생각지도 못하게 그 정류장을 거쳐 갔어. 색깔도 번호도 달랐는데 이 버스 또한 이곳에 정차하는구나. 다 잊은 줄만 알았는데 다 잊은 게 아니더라고. 지금쯤이면 좋은 사람을 만나 잘 지내고 있으려나. 어딘가 허전한 마음이 들어서 오랜만에 속으로 너를 그려 보는 오늘이야.

나는 자주 그리워했고.

자라나는 기억

　너는 어떤지 모르겠지만 나는 지나간 일들을 당시의 감정과 함께 기억하는 사람이라 한번 아팠던 것들은 시간이 지나서 다시 들추어 보아도 미세한 차이만 있을 뿐 변함없이 아파하곤 했어. 그래서 멀쩡하게 평범한 일상을 잘 보내다가도 소나기처럼 무턱대고 쏟아지는 너의 생각에 속절없이 긴 밤을 울곤 했던 거야. 누구 하나 괜찮은지 물어보는 사람이 없는 이런 고독한 시간을.

　글쎄, 어떤 사람들은 지난 일을 단지 지난날이라는 이유로 웃어넘기기도 하던데 나는 너를 마냥 웃음으로 지나쳐 보낼 수 없겠더라고. 너는 오롯이 과거에만 머무르려고 하지 않았어. 외려 어떤 기억은 시간이 지날수록 마음에서 자라나는 것만 같았다니까. 그래서 나날이 커졌던 거야. 너에 대한 그리움이.

비가 그만 내렸으면 좋겠다.
진작 장마철은 끝났다는데 뭐가 이렇게 오래 내려.
참, 사람 마음마저 적시려고 하잖아.

나는 자주 그리워했고.

상사화

이 별에서 많은 것이 끝난 마당에 상사화 한 송이를 심었어. 꽃이 지닌 참담한 꽃말이 꼭 우리가 처한 상황 같아서. 좀 그렇지. 우리의 이별이 고작 꽃 한 송이로 설명이 된다는 게. 그래도 나는 앞으로 자주 이 별에 들러서 이름만 들어도 마음이 아려 오는 이 꽃을 심으려고 해. 올 때마다 너에게 미처 전하지 못했던 생각도 조금씩 두고 갈게. 훗날 네가 먼 우주를 돌다가 연분홍빛으로 둘러싸인 이 별을 봤을 때 행여나 나를 한 차례 기억해 줄까 해서. 8월의 어느 날, 눈을 감으면 더욱이 선명해지는 너를 회상하며.

상사화: 이룰 수 없는 사랑.

네가 시든 새벽

다시 사랑을 하지는 못했지만, 다시 이별은 했어. 비록 변함없이 아파하긴 해도 이제 그때만큼 울지는 않아. 아주 사라질 수 없는 것들과 나날이 조금씩 헤어지며 살아오니까 네가 시든 새벽도 그런대로 지낼 만하다. 새벽은 혼자일 때 더 길고 깊어. 하필 나는 그럴 때 너를 떠올리곤 해. 그냥 왠지 이런 시간에는 너에게 전화가 왔으면 좋겠다. 네가 아니라 술이 실수로 걸었더라도 괜찮은데.

너는 그래도 되는데.

사람은 참 어려워

우리가 결국 사랑이 아니라면 나는 언젠가 꺼질 촛불이겠지. 얼마 남지 않은 심지를 다 태워 버리고 나면 기어이 까만 연기를 내뿜으며 빛을 잃어버리고야 말 테고. 어떤 날에는 그 어둠 속에서 너의 이름을 하염없이 헤매는 순간도 있겠고, 또 다른 날에는 이미 차갑게 굳어 버린 촛농에 오랜 시선을 주면서까지 마음속으로 다시금 너를 애태우고 마는 찰나도 있겠지. 그러다 연기가 너무 매워서 눈물이 핑 돌 때면 괜스레 무안한 표정으로 손사래를 치며 너를 부정하고 말 거야. 마지막까지 아니라고 하지도 못할 거면서 공연히 고집을 부릴 테지.

사람이 버거운 이유는 단순히 그 사람이 내 마음과 같지 않다는 것에서 끝나는 게 아니라, 그 사람과 기대했던 모든 순간까지 포기해야 하는 상황이 속상하기 때문이야. 그래서 사람을 마음에

들이는 일은 정말 어려운 일인 것 같아. 사랑해도, 사랑하지 못해도 사람은 참 어려운 것 같아.

사람을 알게 되는 순간들

하나, 앞에 있을 때보다 뒤에 있을 때.

둘, 좋을 때보다 나쁠 때.

셋, 가까워질 때보다 멀어질 때.

넷, 시작할 때보다 끝날 때.

차라리 몰랐던 사이가 더 좋았으려나.
요즘 들어 그런 사람이 부럽게 느껴져.
많이 사랑을 받은 사람보다
많은 상처를 받지 않은 사람이.

우리는 서로의 어디쯤을 서성이고 있나

　　우리에게도 오래된 사이에서 느낄 수 있다는 안정감이 충만했던 시기가 있었어. 그때의 우리는 서로에게 얼마나 다정했었는지, 당일의 온기가 다 가시지 않은 어제와 쉴 새 없이 따뜻한 오늘과 어느새 데워지고 있는 내일을 살곤 했지. 어떤 단어와 문장을 사용하더라도 그 시절의 포근함을 온전하게 표현할 수는 없을 것 같아. 그러게, 우리 정말 가까웠었네.

　　그런데 지금의 우리는 그때와 전혀 다르게 서로가 초래한 세상 속 그 어디에서 제가끔 자리하고 있길래 따사로웠던 모든 것들이 이토록 차갑게만 느껴지는 걸까. 너의 시선이 닿았던 것들은 죄다 얼어붙어 있어. 파도가 모래사장을 쓰다듬는 것보다 더 자주 사랑하겠다고 말했으면서.

　　나의 마음 한편에는 미처 가시지 못한 잔열이 남아 있는데 그

나는 자주 그리워했고,

주위에는 너를 자세하게도 사랑했던 시간이 반쯤 녹아내리고 있어. 그 모습을 보고 한참을 울고야 말았어. 어느새 우리는 더 이상 우리가 아닌 것 같아서.

한 번의 사랑을 했고, 아흔아홉 번의 이별을 했어. 사랑했던 것에 비해 지워 버려야 할 것들이 많았고, 이별했던 것에 비해 익숙하지 못한 것들이 많았어. 그리고 나는 이렇게 남아 예전의 너를 기다리고 있어.

얼마나 더 견뎌야 할까

주변 사람들이 요즘 내가 좋아 보인대. 표정도 많이 밝아졌고 전보다 잘 웃기 시작했대. 그런데 사실은 너를 다 잊어서 괜찮아 보이는 게 아니야. 이렇게라도 필사적으로 괜찮은 척을 하지 않으면 정말 어느 것 하나도 괜찮지 못할 것만 같아서, 슬픈 민낯 위에 억지로 웃는 얼굴의 가면이라도 쓰지 않으면 웃는 방법조차 잃어버릴 것만 같아서 처절한 심정으로 아무도 모르게 발버둥을 치는 중이야.

정말이지 아직 나에게는 너와 관련된 사실들이 여실히 무엇 하나 참담하지 않은 게 없는데 애써 그런 사실들 앞에서 비참해 보이고 싶지 않았어. 그래서 지금껏 다 정리한 척 연기를 한 거야. 실은 너무 두렵고 날마다 지금의 나와 그때의 너를 잃어 가는 것만 같은데도 애초에 이 이별에서 나에게 주어진 선택권이라는 것은 없었

나는 자주 그리워했고.

으니까.

　앞으로도 나는 얼마나 더 많은 상실을 마주하고 견뎌야 할까.
오늘도 한숨으로 하루를 살아 내고 있어.

여전히 감당하며 살아

안타깝게도 나는 이제 너의 하루를 더는 궁금해할 수도, 궁금해해서도 안 되는 사람이 되었어. 그동안 시간이 꽤 지났다고 생각했는데, 그래서 너를 향한 복잡한 진심이 어느 정도는 수그러들었을 줄 알았는데 전혀 아니었어. 어젯밤부터 오늘 새벽까지 나의 그리움은 작은 불씨로 시작해 산 하나를 거뜬히 태우고 말았으니까.

답답하고 속상한 이 마음을 어떻게 표현할 수 있을까. 마치 헤어날 수 없는 감정의 미로에 갇힌 것 같아. 너를 아예 잡거나 놓아야 끝이 날 아픔인데 정말 나는 아무것도 할 수가 없어서 어제처럼 오늘을 가련히 신음하고 있어.

그래, 나는 여전히 너를 감당하며 살아.

신경 쓰였으면 좋겠어

　내가 여전히 기억하고 추억하는 것들은 바람처럼 불어오고 파도처럼 밀려오는데 정작 그 중심의 너는 잠잠하기만 해. 너는 내가 궁금하지 않은 걸까. 그렇다고 대단한 관심을 기대했던 것은 아니지만 하다못해 유치하고 식상한 안부 정도는 주고받을 수 있겠다고 생각했는데. 이를테면 밥은 잘 먹는지, 잠은 잘 자는지, 아픈 곳은 없는지, 하려던 일은 잘 해내고 있는지, 새로운 사람은 만나고 있는지. 대충 이런 것들 말이야. 마음이 추워. 무엇보다 너의 고요가 시리고 아파. 너는 정말 한때 나를 사랑했었던 사람이 맞는 걸까. 사람은 계속 변한다지만 아무리 그래도 그렇지.

　너에게 내세우는 자존심은 의미가 없다는 것을 잘 알기에 속에 숨겨 둔 말을 꺼내 보자면, 너도 간혹 내가 신경 쓰였으면 좋겠어. 그래서 가끔은 나 또한 너의 기억 안에서 살고 싶은데 그곳에는 내가 설 만한 공간이 한 평도 없는 것 같아. 너에게 있어서 나라는 사람은 더는 마음을 흔들 정도의 관심사가 아닌 것 같아서. 나와는 아주 다르게 말이야.

나는 자주 그리워했고.

큰 병이었나 봐

다들 시간이 약이라고 하더라. 그런데 나에게 있어서 너는 고치지 못하는 큰 병이었나 봐. 꾸준히 복용은 하는데 무슨 이유에서인지 나는 너를 몇 달째 투병 중이야. 내 몸은 내가 가장 잘 아는데 조금도 나아질 기미가 보이지 않아. 정말 너무 아프고 힘든데 남들은 막연히 괜찮아질 거라는 말만 해.

결국 참고 또 참다가 병원을 찾았어. 그런데 의사도 나의 병을 모르겠다고 하네. 아무런 이상이 없대. 다급한 마음에 최대한 절박하고 자세하게 증상을 설명한 끝에 겨우겨우 받아 낸 진단서에도 너와 관련된 내용은 단 한 줄도 없어. 정말 버겁다. 너를 앓는 일. 나는 틀림없이 이렇게나 아픈데.

내가 없는 너는 어때. 행여 외롭거나 불안하지는 않니. 나는 종일 허전하고 연일 아파. 머릿속을 맴도는 수많은 부정어를 필사적으로 부정하며 힘겹게 지내고 있어. 바래진 시간만 애써 매만지면서.

    오늘은 혼자서 술병을 비웠어. 세상은 어지러운데 너는 이토록 선명하기만 하다. 이런 상태에서 하는 말들을 달가워하지 않을 테지만 네가 많이 보고 싶은 밤이야.

나는 자주 그리워했고.

더 행복해지려고

　세상에 불행하고 싶은 사람이 어디 있겠어. 그럼에도 행복은 쉽지 못했던 거지. 그래, 결국에는 너도 행복해지려고 그랬던 거잖아. 마음이 고생하는 쪽보다 잘 지내는 쪽으로 가까워지려고 했던 거고. 우리는 서로에게 안온보다 불안에 더 가까운 의미였으니까. 그래도 서로를 너무 미워하지 않았으면 좋겠어. 지난날의 결정이 경솔했다거나 나쁜 의도를 가진 것은 아니었잖아. 성숙한 이별로 한 시절 우리라고 불리었던 너와 나를 이해하고 보내 주기로 하자. 그동안 정말 고생 많았어. 많이 그리울 거야, 우리의 분위기. 많이 보고 싶을 거야, 너라는 사람.

나쁘게만 지내지 않았으면 해

너는 나의 낭만이었고, 영화였고, 꿈이었어. 아쉽게도 우리의 시간은 막을 내렸지만, 너와 함께한 시간은 나에게 굉장한 행운이었어. 이제 나는 때때로 내가 혼자라는 사실에 외로워하고 더는 네가 찾아오지 않는 하루를 괴로워하겠지. 실은 나도 이런 내가 겁이나. 그리워하다가 자칫 잘못하면 다시 사랑하게 될까 봐. 거듭 사랑하면 영영 잊지 못하게 될까 봐.

그런데 이 이별 말이야. 사랑한 만큼 아픈 거라면 미워한 만큼 행복할 수 있을까. 미안해. 이런 옹졸한 마음을 가진 나는 너의 안녕까지 바랄 자신이 없어. 그냥 네가 너무 나쁘게만 지내지 않았으면 해. 어떤 날에는 웃고 다른 어떤 날에는 울기도 했으면 좋겠어. 그냥 그렇게 보통의 나날을 살았으면 좋겠어.

나는 자주 그리워했고,

더 미워했어야만 했어

너를 일상에서 흔적 없이 지우는 일은 마지막까지 상당한 주의를 필요로 했어. 무작정 관심을 적게 둔다고 해서 쉽사리 해결되는 문제가 아니었거든. 절망스럽게도 전부 잊었다고 여겼던 것은 엄연히 나의 착오였어. 안일한 생각과 마음으로 제법 견디는 것이 수월해졌다고 착각한 나의 오만한 실수였어.

관계에서 산전수전을 다 겪은 사람에게도, 나이와 경험이 많은 사람에게도, 감정의 변화가 크지 않은 사람에게도 이별은 몹시 까다로운 일인데 나는 어떤 익숙함에 속아 네가 남긴 작은 불씨를 확실히 끄지 못했을까. 가차 없이 너를 더 미워했어야만 했어. 더욱이 너라는 사람을 말이야.

다 지나고 보니 그런 깨달음을 갖게 되더라. 세상에 완벽하게 사라지거나 잊히는 사람은 없다고. 잠시 관심의 정도가 낮아질 뿐,

0으로 수렴하는 이별은 없다고. 더 좋은 사람을 만나고 더 나은 상황을 만들며 내면에서 다시 말썽을 부리는 일이 없도록 꾸준히 관리해야 하는 것이라고.

꼭 그래야만 했을까

멀어지고 나서야 가까웠다는 것을 알았고, 놓치고 나서야 잡고 있었다는 것을 알았어. 사라지고 나서야 머물렀다는 것을 알았고, 의미를 부여하고 나서야 더는 소용이 없다는 것을 알았어. 그래, 어떠한 변명도 필요 없이 나는 너를 잃고 나서야 너를 알게 되었어. 꼭 그래야만 했을까. 운명은 우리에게.

이미 떠나간 사람을 그리워하는 것은 서러워 가슴이 미워지는 일이야. 남겨진 사람의 여력으로는 멀어진 사람과 벌어진 상황을 반복할 수도 없고 번복할 수도 없기에.

그랬으면 좋겠어

이 헤어짐의 떨림도 영원할 것만 같았던 만남의 떨림과 같이 그 끝에서 한없이 나약해졌으면 좋겠어. 나의 마음에서 한동안 요란하게 진동하는 것까지 이해할 테니 끝내 미약해졌으면 좋겠어. 긴 밤을 아파하며 셀 수 없을 만큼 울어도 좋으니 너에게 다시는 그 무엇도 기대하지 않았으면 좋겠어. 나누었던 마음들이 해일처럼 밀려와도 너를 잊겠다는 다짐만큼은 떠밀려 가지 않았으면 좋겠어. 혹여나 내가 어느 날 이 이별에 대한 통제력을 잃더라도 우리 사이는 지금처럼 아득히 멀었으면 좋겠어. 걸어서도, 달려서도, 그 어떤 것을 타고서도 도착할 수 없을 만큼.

나는 자주 그리워했고,

세상에서 가장 슬픈 이야기

너는 한 시절 나에게 지대한 영향을 미쳤던 사람이었어. 내가 사는 날의 거의 모든 계획은 너를 기준으로 세워지곤 했지. 그때는 그런 모습의 내가 정말 좋아 보였어. 사랑에 눈이 멀게 되면 그 사람밖에 보이지 않잖아. 그때 내 삶은 온통 너였어.

네가 떡볶이를 제일 좋아한다기에 집에서 유튜브를 보며 여러 번 만들어 봤던 양념도, 좋아하는 가수를 알게 된 후부터 너 몰래 혼자 노래방에 가서 그 가수의 노래들을 연습했던 시간도, 자기 관리를 잘하는 사람이 이상형이라기에 더운 것을 싫어했던 내가 더위를 참고 한여름에도 밖에 나가 땀을 뻘뻘 흘리며 뛰었던 노력도, 너에게 더 구체적인 미래를 약속하기 위해 내가 몸담은 분야에서 성공해야 했던 이유도, 전부 다. 어려워하고 힘들어하는 내색 하나 없이 이 모든 것을 꾸준히 할 수 있게 했던 너는 내 최고의 동기 부여였어.

비록 이제는 내 곁에 네가 없지만, 덕분에 늘었던 것도 많고 이루고 있는 것도 많아. 어떻게 생각하면 도리어 너에게 고마워. 그런데 이상하게 전보다 개인적인 상황은 나아졌다고 하더라도 마음 한편이 크게 공허한 것은 어쩔 수 없는 일인가 봐. 결실은 있는데 그것을 가능케 했던 계기가 사라진 기분이라고 해야 하나.

지금도 나는 가끔 그 떡볶이를 만들어 먹고, 그 노래들을 찾아 부르고, 운동도 열심히 하고, 글도 여전히 쓰고 있어.

너는 잘 지내고 있는지 모르겠다.

헛된 망상이겠지만,
당장 내일이라도 네가 내 앞에 불쑥 나타나
참 기특하다고, 멋지다고 말해 줄 것만 같아.

나는 자주 그리워했고,

맥주 한 캔

오늘은 아침부터 진짜 바빴어. 온종일 뭐가 어떻게 지나간 건지 정신이 하나도 없었네. 어느 틈에 벌써 해는 졸린 눈을 비비기 시작했고 하늘의 조명은 차츰 어두워졌어. 최근에 푹 빠지게 된 노래를 귀에 꽂은 채 동네로 향하는 버스에 노곤해진 몸을 잠시 맡겼는데 피곤했는지 녹초가 되어 잠깐 잠이 들었어. 그러다 하마터면 정류장을 지나쳐서 내릴 뻔했지 뭐야. 깜짝 놀란 마음으로 다급하게 빽빽이 서 있는 사람들을 비집고 겨우 내렸어. 그렇게 집으로 걸어가고 있었는데 문득 시원한 맥주 생각이 나더라. 그래서 편의점에 들러 너랑 즐겨 마셨던 맥주 한 캔을 집었어. 얘를 볼 때마다 네 생각이 날 때도 잦았지만, 또 하루를 정리하는데 이만큼 최고인 것도 없더라고.

그래, 우리가 헤어졌던 날 있잖아. 너무 아파하는 나를 보고서 너는 마음이 편하지 않다고 말했지. 그렇게까지 버거워할 줄 몰랐었나 봐. 솔직히 처음에는 당장의 모든 것들이 까마득했고 나도 나 자신이 심히 우려스러웠어. 좀 살 만해질 때까지 여러 시행착오를 겪었던 것 같아. 그래도 이제는 나름대로 네가 없는 하루에 곧잘 적응해서 나쁘지 않게 살아 내고 있어.

너도 그러려나. 나의 공백을 잘 메웠으려나. 평소처럼 집 앞 산책길을 따라 남은 오늘을 걷고 있을까. 아니면 카페에서 친한 그 친구와 이야기보따리를 풀었을까. 이것도 아니라면 샤워를 하고 침대에 누워 좋아하는 유튜버의 영상을 보고 있을까. 날이 은근히 쌀쌀해졌는데 혹시 춥게 입고 다니는 건 아닌지 괜한 걱정이 돼. 감기에 잘 걸리던 너였으니까. 뭐가 됐든 아프지만 않았으면 좋겠어.

벌써 집에 다 왔네. 오늘은 들어가서 맥주 한잔하며 너의 생각을 조금만 할게. 오늘 고생했어. 하루 잘 마무리했으면 좋겠다.

나는 자주 그리워했고,

사실 나도 네가 보고 싶었어

얼마 전에 갑자기 너에게서 온 연락을 봤어. 이제야 내가 했던 말들을 알 것 같다고. 자기가 정말 잘못했다고. 사실 나 못지않게 엄청 힘들었다고. 차라리 바쁘게라도 지내면 내 생각이 줄어들까 했는데 외려 늘었다고. 더 빨리 연락하고 싶었는데 그러지 못해서 미안하다고. 지금 너무 보고 싶다고.

네가 보낸 장문의 글을 한참 거듭해서 읽었어. 우리가 너무 나쁘게 헤어진 것도 아니었고 솔직히 나도 사람이라 잠깐 흔들렸어. 하지만 그렇다고 쉽게 답장을 보낼 수 없겠더라고. 그래도 우리 제법 힘들었으니까. 울기도 엄청 울었고 서로에게 흉터도 꽤 남겼잖아. 그래서 답을 보내지 못했어. 일단 무슨 말부터 시작해야 할지 몰랐고 설령 알맞은 문장들을 찾았더라도 차마 꺼낼 수 없었을 거야. 불안한 마음이 더 크게 느껴졌거든.

그렇게 며칠 밤낮을 망연하게 보내면서 진지하게 생각해 봤는데 아무래도 나에게는 우리를 다시 시작할 자신이 없는 것 같아. 그냥 우리 이대로 지내자. 이렇게 각자의 자리에서 서서히 희미해지자. 몇 번을 다시 고민해 봐도 이게 최선인 것 같아. 그 시절의 우리는 시간이 바래도 우리일 텐데 아파도 그저 아파야지 어쩌겠어. 무척 그립고 안타깝지만, 너를 다시 사랑하는 일은 이제 내가 감당할 수 없는 일이 되어 버린 것 같아. 이렇게라도 연락을 줘서 고맙고 그때 바로 답장을 주지 못해서 미안해.

그런데 있잖아.
사실, 나도 네가 많이 보고 싶었어.

나는 자주 그리워했고,

단어나 문장 하나쯤

누구나 마음속에 단어나 문장 하나쯤은 가지고 살아. 그게 밝은 뜻에 가까울 수도 있고 반대로 어두운 뜻에 가까울 수도 있어. 때로는 하나가 아닐 수도 있고 온통 마음에 들지 않을 수도 있지. 어떤 날에는 한꺼번에 엉켜 버린 탓에 무슨 의미인지 해석은 고사하고 발음하기도 어려울 때가 있을 거야. 그런 상황을 잠자코 보고 있자면 속이 꽉 막힌 듯한 답답함이 밀려올 테지.

사람이 무탈하게 살아가려면 부정적인 것을 멀리하고 긍정적인 것을 가까이해야 한다지만, 나는 네가 너의 하늘을 얼룩지게 만드는 원인에도 관심을 가졌으면 좋겠어. 골치 아픈 상황들이 그냥 생긴 게 아닐 테고 무엇보다 너에게 일어난 일이니까.

문제를 일으키는 것들에 대해서 자세하게 아는 것도 잘 지낼 수 있는 방법 중에 하나잖아. 무엇이 너를 괴롭히는지 알게 되면 그만큼 현명하게 대처하기에도, 다시 씩씩하게 나아가기에도 수월할 거야. 그러니 수시로 마음의 주위를 살피고 너 자신이 괜찮은지 확인했으면 좋겠어. 최선을 다해서 스스로에게 세심해야 해. 사소하지 않은데 사소하게 넘긴 것들로부터 길고 깊게 아프지 않으려면 말이야.

이왕이면 우리 좋은 단어나 문장을 가슴에 품고 살아가자. 어떤 고난과 역경에도 나 자신을 든든하게 지켜 줄 수 있는 그런 문장을.

설명하기 어려운 날

　가끔씩 저기압인 날이 있지. 그런 너의 표정을 읽은 사람이 다가와 무슨 일이냐고 물으면 선뜻 대답이 나오지 않고, 굳이 말하자면 '그냥'이라는 단어로 얼버무리고 싶은 날. 표정 관리는 힘겨웠을 거고 한숨만 푹푹 내쉬었을 거야. 괜찮아. 어느 누구에게나 한숨의 의미를 설명하기 어려운 순간이 있는 거니까.

　그럴 때는 억지로 웃으려고 애쓰지 않아도 돼. 무슨 일을 하든 마음의 여유가 있어야 하잖아. 여유가 없으면 불안함과 조급함에 시달리게 되고. 그러면 평소에 문제가 없었던 부분에서도 이상하리만큼 잦은 실수를 유발하게 될 거야. 실수는 상황을 어긋나게 만들 거고 그릇된 상황은 사람과의 마찰을 유도할 거야. 그러니까 일이든 인간관계든 피로감을 느낀다면 무엇이든 일단 멈추고 휴식을 취했으면 좋겠어. 그런 기분은 지금 너에게 생각 정리가 필요하다는 걸 몸이 알려 주고 있는 거니까. 쉬면서 내면을 가다듬다 보면 한결 나아질 수 있을 거야.

우선 기력부터 회복하자. 너는 기계가 아니라 사람이잖아. 어떻게 한결같이 살아갈 수 있겠어. 살다 보면 이런 날도 있고 저런 날도 있는 거지. 갑자기 많은 것들이 무겁게만 느껴지는 날에는 잠시 너만의 시간을 가져도 돼. 너무 걱정하지 말자. 좋아질 거야.

나는 자주 그리워했고.

조금 구겨지면 어때

많이 힘들지? 어질러진 것들도 참 많아서 어수선한 심정일 텐데 속상하고 답답한 마음에 남모를 눈물까지 흘렸을 수도 있겠다. 어쩌면 너 자신이 싫어지기도 했을 거고 그러다 그만 나쁜 생각을 했을 수도 있겠다. 그럴 때는 잠시 눈을 감아. 너를 버겁게 하는 것들을 의무적으로 보고 있지 않아도 돼. 네가 괜찮아질 때까지 아무것도 하지 않아도 돼. 아직 준비되지 못한 마음으로 섣불리 마주하다가는 외려 마음만 더 다치게 될 거야.

여실히 이 순간의 너는 바깥으로 힘들다는 말조차 내뱉기 힘든 상황을 텐데 막연히 좋아질 날만 기다리며 무턱대고 참아 내고 버텨 내지 않았으면 좋겠어. 생각해 보면 이 또한 언젠가 지나왔고 지나갈 시간이잖아. 나는 네가 과거와 미래보다 현재를 더 아끼는 사람이 되었으면 해. 그러니 눈앞에 벌어지고 있는 모든 것들을 마음 편히 인정하기로 하자. 혼란스러운 상황 속에서도 내려놓아야 할 것을 내려놓을 수 있는 강단이 필요해.

지금 너에게는 남의 말보다 너 자신의 목소리가 더 잘 들릴 거야. 그러니 스스로에게 나긋한 말소리로 위로를 건네 보는 건 어떨까. 지금 누가 겪어도 쉽지 않을 상황 가운데 놓여 있기에 당분간은 안팎으로 소란스러울 수 있다고. 하지만 그 모든 것들을 구태여 이해하지 않아도 된다고. 그저 되는 만큼만 받아들이면 되는 거라고. 그리고 마지막에 가서는 기세등등했던 불행도 틀림없이 힘을 잃고 말 거라고.

힘내. 조금 구겨지면 어때. 네가 종이도 아닌데. 괜찮아. 다시 펴면 돼. 마음도, 아픔도.

나는 자주 그리워했고.

광안리 바닷가

 반복되는 일상에서 벗어나 멀리 떠나야만 할 것 같아서 이번 주 금요일에 출발하는 부산행 기차표를 끊었어. 그리고 시간은 머지않아 나를 부산역에 내려 주었지. 계절도 계절마다 다른 냄새가 있듯이 부산도 부산만의 내음이 있는데 그 안에는 잊고 지냈던 추억이 묻어 있었어. 다시 마주한 반가운 기억들 그리고 이번에는 혼자인 나.

 어느덧 하늘에서는 해가 뉘엿뉘엿 떨어지고 있었고 나는 서둘러 숙소가 위치한 광안리로 향했어. 도착해서 짐을 간단하게 풀어 놓고 곧바로 바닷가로 발걸음을 옮겼어. 해변가를 따라 찬찬히 걸어 보니 하나둘씩 상기되는 장면들. 여기는 정말 변한 게 하나도 없구나. 어둠 속에서 보랏빛으로 빛나던 광안대교도, 처연하게 들려오는 파도 소리도 여전히 아름답기만 하네.

 그러다가 근처 카페에 들러 커피를 사서 한적한 곳에 자리를 잡고 앉았어. 갑자기 연락도 없이 여기까지 어쩐 일이냐고 말을 거는 듯한 바다에게 무슨 말을 해야 할지 몰라서 입술이 쉽게 떨어지지 않았어. 한참을 말없이 있었는데 그만 왈칵 눈물이 나올 것 같아서 공연히 하늘만 응시했어. 별이 정말 밝다. 밤공기도 참 포근하고. 마음이 좀 아프지만 그래도 오기를 잘한 것 같아. 이런 밤바다, 아마 너도 같이 봤다면 되게 좋아했을 거야.

무작정 먼 길을 왔는데 다들 다행히 반겨 주고 위로해 주는 것 같아서 나쁘지만은 않네. 네가 어딘가에 있을 서울로부터 멀찌감치 떨어진 곳에 와서 마음속에 짙어지고 있던 시간을 남김없이 털어 버리고 있어. 속 시원한 기분이 드는 것 같기도 하고.

얼마나 지났을까. 하루 종일 입에 넣은 거라곤 이 쓴 커피가 전부라서 그런지 배가 고프네. 들어가는 길에 회라도 사야겠다. 그 할머니 아직 계시려나. 사실 나 혼자서 찾은 바다가 이번이 처음은 아니야. 그리움은 아무리 멀리 두고 와도 다시금 원래 있었던 자리로 돌아오더라고. 이번이 혼자 왔던 몇 번째 바다더라. 너랑 헤어지고 내가 이러고 살아. 하지만 혹시라도 네가 언젠가 이 글을 읽게 되었을 때 나를 너무 측은하게 여기지 않았으면 좋겠어. 누구에게나 더 나은 내일은 반드시 오기 마련이잖아. 지금은 그런 날을 맞이하기 위해서 채비하는 중이야. 나는 내가 진심으로 행복하기를 바라는 마음이라서.

그나저나 대선은 세 병이면 되려나.

감정의 할당량

누구나 짙은 미련이 남아 간절히 돌아가고 싶은 순간이 있어. 설령 돌아갈 수 있다고 한들 상황을 변화시키지 못할 수도 있고, 반복되는 시간의 끝에서 또 다른 후회가 남을 수도 있겠지만 그럼에도 불구하고 다시금 살아 보고 싶은 날이 있지. 나에게 그런 날은 너와 함께했던 시절이야.

궁금하네. 우리는 어땠을까. 우리가 다시 우리를 지냈다면 말이야. 세월이 지나서 돌이켜 보았을 때 나쁜 것들보다 나은 것들이 더 많을 수 있었을까. 전보다 더 서로를 배려하고 이해할 수 있었을까. 불행보다 행복에 더 가까울 수 있었을까. 그런 다정한 사랑을 할 수 있었을까. 매번 그렇지만 너를 생각하는 건 잔잔한 호수에 큰 돌을 던져 파문을 일으키는 일 같아. 그만큼 나의 기억에서 너라는 사람의 파장은 매우 컸거든.

나는 너의 불안이 길지 않았으면 좋겠어

멀쩡히 잘 있다가 아파하고 싶어서 지난 일을 회상한 것도 아니었고 나의 의지대로 떠오른 너도 아니었지만 먼지가 쌓인 추억이 이다지도 생생할 수 있는 건가. 나도 모르게 당황했나 봐. 그래서 잠을 떨어뜨리고 만 거야. 오래도록 들지 못하는 걸 보니. 이미 늦었지만, 지금이라도 자야겠다. 계속 회상하다가는 도무지 끝이 없을 것 같아.

너는 나에게 지독한 카페인이었어. 특히 밤에는 더욱더 심했어. 밤잠을 설치게 만들었고 속을 무척이나 쓰리게 했거든.

우선은 눈을 붙이자.
오늘 소비할 감정의 할당량을
한참이나 넘어 버렸어.
부디 꿈꾸지 말고, 푸욱.

나는 자주 그리워했고.

어른에게도 어른이 필요하더라

어른이 되면 어떤 것도 혼자서 다 버티고 해낼 수 있는 힘이 저절로 생기는 줄 알았어. 나쁜 사람을 만나더라도 나 자신을 온전히 지킬 수 있을 줄 알았고 아픈 상황을 겪더라도 내 마음을 오롯이 위로할 수 있을 줄 알았어. 그런데 막상 어른이 되어 보니까 어른에게도 어른이 필요하더라. 행여나 네가 어떤 일로부터 자책하고 좌절하여 의기소침해하고 있다면 나 또한 지난날의 내가 필요했던 것처럼 너에게 다정한 위로를 줄 수 있는 존재가 되고 싶어.

이름아, 너는 너의 불안을 너무 부정적으로 생각하지 않았으면 좋겠어. 믿었던 사람에게 배신을 당하고 그동안의 진심이 하루아침에 물거품이 되어 버려서 심란한 마음으로 망연자실하고 있을 거야. 그래서 다시 사람을 만나고 사랑을 시작할 수 있을지 의구심이 들기도 할 거고.

그렇지만 사람은 다양한 사람을 만나 보는 게 좋아. 그렇게 아픈 이별도 해 보고 슬픈 그리움도 겪어 봐야 해. 그래야 자신을 아프게 하는 사람을 걸러 낼 수 있는 힘을 기를 수 있고 마음을 슬프게 하는 상황을 이겨 낼 수 있는 노련함을 배울 수 있어.

이런 순간의 너는 틀림없이 점점 더 강해지는 중이야. 그러니 지금의 상태를 혼자서 오해하고 부풀리지 않았으면 좋겠어. 또한 너무 많은 것들을 우려하지도 않았으면 좋겠고. 걱정은 한 컵의 물을 들고 있는 것과 같아. 잠깐 들고 있는 것은 괜찮을 수 있어도 오래 들고 있으면 팔이 저려서 끝내 컵을 깨트리고 말 거야.

사람은 살아가면서 수많은 혼돈을 겪게 돼. 그렇지만 그런 혼란은 묵묵함 앞에서 소멸되기 마련이거든. 그러니까 고즈넉이 살아 내 보자. 일종의 '나 사용법'을 구축하는 거라고 생각했으면 좋겠어. 이런 고통과 힘듦은 이렇게, 그런 사람과 상황은 그렇게. 이 기회로 너 자신을 견고히 만들고 있다고 여겼으면 해.

괜찮아, 진심으로 말하는데 너 정말 잘 이겨 내고 있어.

분위기를 아껴 주는 사람을 만나

산이 산의 감성을 지닌 것처럼, 바다가 바다의 감성을 지닌 것처럼, 하늘이 하늘의 감성을 지닌 것처럼, 들이 들의 감성을 지닌 것처럼 너도 너만의 분위기를 가진 사람이잖아. 표정, 말투, 취향, 기제, 방식, 식성, 습관과 같은 것들로 너를 설명할 수 있을 만큼.

이처럼 너는 분명히 너만의 색채가 있어. 그런데 그건 누가 옆에서 아껴 주면 아껴 줄수록 더 특별해지기 마련이거든. 그러니까 너의 모습을 존중해 줄 수 있는 사람을 만나서 네가 지금보다 더 각별해졌으면 좋겠어. 언제나 자기 기분만 우선시하는 사람에게 너를 끼워 넣지 말고.

그동안 연애라는 관계에서 상대의 눈치를 보는 게 당연시되어 너도 모르게 을의 처지로 지내 왔다면 앞으로는 동등한 사랑을 했으면 해. 사랑에 있어서 어떻게 갑과 을이 나뉠 수 있겠어. 이제는

나는 너의 불안이 길지 않았으면 좋겠어

너를 변함없이 소중하게 여기며 누누이 너의 하루를 돌봐 주는 사람을 만나. 매번 주기만 하는 사랑 말고 받기도 하는 사랑을 할 수 있기를 진심으로 바라는 마음이야.

소중한 존재에 대한 미련과 후회는 그 대상의 부재로부터 시작되는 거야. 그걸 아는 사람에게 너의 마음을 주려무나.

고생 많았어. 너를 아프게 했던 사람을 사랑하느라.

스스로를 잃어버리지 않기

'나'를 지키는 일은 세상에서 가장 중요한 일이야. 왜냐하면 결국 세상이라는 것도 '나'라는 존재가 있어야 가능한 거니까. 여기서 말하는 '나'는 어떤 것에 대하여 자기 자신이 느끼는 진솔한 감정이자 감각하는 모든 순간의 마음을 뜻해.

하지만 우리는 종종 감정이나 마음을 생각으로 억제하려고 하거나 이런저런 이유로 등한시하는 실수를 저지르곤 해. 그런데 이렇게 나 자신이 느끼는 것들을 외면하면 외면할수록 결국 스스로를 잃어버리게 되거든. 그래서 나는 네가 내면에서 체감하는 모든 것들을 구속하거나 소홀하게 여기지 않았으면 좋겠어. 자주 들여다보며 안부도 묻고 정성껏 보살필 수 있기를 바라. 네가 온전한 너로 살아갈 수 있도록. 네가 너를 잃어버리지 않도록.

내가 나를 함부로 대하면
남도 나를 함부로 대해도 되는 줄 알아.
이게 스스로를 소중히 여겨야 하는 이유야.

나는 자주 그리워했고,

좋은 사람 구별법

상대방이 어떤 사람인지 궁금하다면 그 사람이 약한 사람을 대하는 태도나 사소한 것을 생각하는 방식이나 예민한 상태의 모습을 주의 깊게 보면 되더라.

왜냐하면 누구나 자기보다 강한 사람 앞에서는 예의를 차리게 되고, 중요한 것을 다룰 때는 신중하고 세심히 판단하게 되며, 평온한 상태일 때는 너그러운 마음을 유지하기 쉽기 때문에 좋은 사람이 아님에도 불구하고 좋은 사람으로 보일 때가 있거든.

혹여나 네가 마음을 주려는 사람이 약한 사람을 함부로 대하거나, 사소한 것을 아무렇지 않게 여기거나, 예민한 상황에서 폭력적으로 변한다면 한번 멈칫할 필요가 있어. 어쩌면 너의 앞에서 드러나지 않은 더 많은 무언가를 숨기고 있거나 자신의 모습을 과대하게 포장하고 있을 수 있으니까.

겉모습만 보고 섣불리 마음을 주었다가는 돌이킬 수 없는 멍울만 생기고 말 거야. 이런 사람으로 인해 다치지 않도록 주의해서 되도록 네가 아프지 않은 사랑을 할 수 있었으면 좋겠어.

수긍

피할 수 없는 우리의 운명을 수긍했어. 그 과정이 능동적이었는지 아니면 수동적이었는지를 굳이 따지는 일은 더 이상 중요하지 않았어. 원인을 찾는 것과 해결책을 내어놓는 것도 마찬가지로 너와 내가 처한 상황에서 더는 아무런 의미가 없었고. 그렇게 너와 멀어지고 말았어. 모든 것을 시인했지만 모든 것을 부정하느니만 못했어. 마음을 비워야지. 네가 계속 차오르겠지만 그래도 어떻게든 참아 내야지. 비로소 나는 너로부터 건네받은 마지막 문장을 수긍했어.

맞아,
네 말대로 우리는 인연이 아니었던 거야.

좋은 인연

나의 곁에서 자기 시간을 머물다 간 너와 빈자리에서 남은 시간을 머뭇거리고 있는 나. 너와 함께한 모든 순간에 있어서 더 남은 미련이나 아쉬움은 없어. 또 지난 시간을 후회하거나 부정하고 싶은 마음도 아니야. 비록 지금 우리의 처지가 마냥 웃으며 서로를 마주할 수 있을 만큼 원만하지는 못하지만, 한때 나의 상당 부분을 지탱해 주었던 네가 여전히 나의 마음 안에서 오롯이 살고 있다면 이 새벽은 그것으로 된 거야.

나의 시간에 나타나 주어서 고마웠어. 좋지 못했던 날도 있었지만, 좋았던 날도 많았어. 덕분에 사랑이라는 감정에 대해서도 더 깊게 알게 되었고 진정한 행복에 대한 물음에도 괜찮은 답을 찾을 수 있게 된 것 같아. 그런 너를 멀리서라도 진심으로 응원하며 살게. 부디 좋은 사람을 만나서 네가 자주 웃을 수 있었으면 좋겠어.

나는 자주 그리워했고,

어디서든 아프지만 말아. 잘 살아야 해. 이따금 마음이 저릴 만큼
보고 싶을 거야.

나보다 나를 더 좋아했던 너를 만나,
너보다 너를 더 사랑했던 나의 시간.
이래 봬도 우리는 참 좋은 인연이었다.

나는 너의 불안이 길지 않았으면 좋겠어

이 새벽

너를 흔들려는 것은 아니지만
지금까지 잘 참아 왔고
생각보다 잘 버티고 있는 너에게
앞으로는 마음 놓고 웃을 수 있는 날들이
훨씬 더 많기를 바란다고.

온 힘을 다해 아등바등 살아 냈던 네가
이제 정말 행복했으면 좋겠어.

나는 자주 그리워했고.

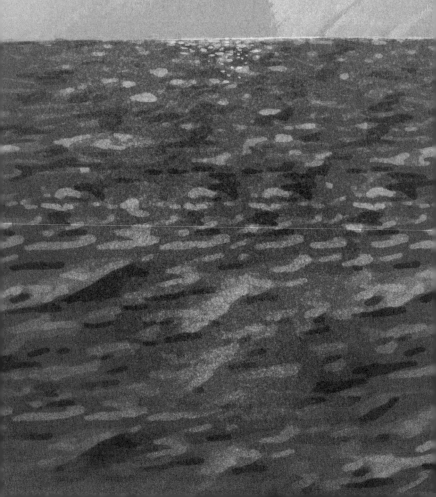

4장
나는 끝내 무디어졌다.

: 너로부터 무너지고 끝내 무디어진 나

무디어진다는 것

우리의 마음이 계절이었다면 너로부터 무디어지는 일은 겨울이었어. 흐르는 물줄기도 삽시간에 얼어붙을 만큼 아주아주 추운 겨울. 최선을 다해서 사랑했었던 우리 계절의 끝에서 너라서 좋았고 너라서 나빴으며 너라서 아팠던 모든 찰나를 마무리하자 나의 마음에는 극심한 한파가 몰아쳤어. 안팎으로 일었던 수많은 것들이 그대로 멈추어 버린 것 같아.

처음에는 닥친 추위를 어떻게든 이겨 보려고 무진장 애를 썼어. 난방도 해 보고 두꺼운 옷도 껴입어 보고 따뜻한 음료도 마셔 보고 손난로도 꼭 쥐어 봤어. 그런데 있잖아, 겪어 보니까 이런 추위는 이겨 내는 게 아니라 적응해야 하는 거였어. 그때 깨달았던 것 같아. 지나간 날들은 지나간 대로 두라는 말. 구태여 포장할 필요도 없고 등한시할 이유도 없었던 거야. 그래서 사방팔방 어질러

나는 끝내 무디어졌다.

진 너와의 모든 시간을 한데 모아 첫머리에는 나의 전부라 적었고 끝머리에는 나의 일부라 적었어. 그렇게 너를 유달리 내색하지 않으며 세월과 더불어 서서히 낡아지기로 했어.

이제는 여러 조각으로 기억하는 우리의 모습과 우연히 대면하더라도 하염없이 울음을 쏟지 않아. 가끔 술에 취해 이성보다 감성이 한 발짝 더 앞선 날에도 무턱대고 너의 목소리를 찾지 않아. 이런 계절이 나에게만 찾아왔던 것은 아닐 테니까. 분명 너에게도 내가 알지 못하는 너만의 시린 겨울이 있었을 테니까.

오늘은 모처럼 눈이 내렸어. 언뜻 너와 크게 다투었던 여름이 생각나더라. 그날 밤은 나의 눈물만큼 비가 내렸던 것 같은데 지금은 우리의 추억만큼 눈이 내리고 있어. 그날의 비처럼 언젠가 모두 사라질 것들인데 참 부지런히 내린다.

부디 내일 아침에는 눈이 많이 쌓이지 않았으면 해. 그리고 이 겨울이 너무 길거나 춥지 않았으면 하고. 정말 마지막으로 너에게나 나에게나 좋은 날이 많았으면 해.

나는 너의 불안이 길지 않았으면 좋겠어

우리는 헤어진 사람들

    우리는 헤어진 사람들. 사정없이 타 버린 시간 뒤로 지워야 할 단어들이 참 많아. 그을린 마음과 남겨진 잔재들. 둘이서 관계를 끝냈다는 말이 혼자서 감당해야 하는 고통까지 합의되었다는 뜻은 아니었어.

    그래, 너와 내가 헤어지는 일은 자못 어려웠어. 나의 모든 것들은 그대로 멈춰 있는데 너와 시간만 지나가고 있었으니까. 멀어지는 것들을 어떻게든 잡아 보려고 별짓을 다 해 봤는데 그럴수록 긁히고 찢기는 마음만 고생이었지. 나 정말 죽을 만큼 힘들었고 무엇 하나 성한 것이 없을 만큼 엉망이었어. 그때는 현실 감각도 없었던 것 같아. 내가 누구를 사랑했고 누구랑 헤어지고 있는지, 그게 같은 사람은 맞는 건지 분간이 힘들 정도였거든.

    그러나 나도 어느 날의 너처럼 조금씩 나아지고 있다고 믿어.

나는 끝내 무디어졌다.

이별의 끝으로 한 걸음 한 걸음 잘 걸어가고 있다고 믿어. 때때로 뒤엉킨 감정 때문에 눈물로 밤을 지새워도 마지막에는 괜찮아질 거야. 남들도 다 그렇게 무감각해지는 거잖아. 알맞은 시간에 도착하게 되면 너를 기억의 저편으로 넘길 수 있을 거라고 생각해. 그냥 도리어 다행이었고 오히려 좋았다고 생각하려고. 어차피 캄캄한 시간과 공허한 공간에서 형체를 알아볼 수 없을 정도로 망가지고 사라질 것들이었을 테니.

나, 누구를 사랑했는지도 모르겠네.

나는 너의 불안이 길지 않았으면 좋겠어

그만두기로 했어

내가 지치는 관계에서 더는 억지를 부리지 않기로 했어. 아무리 심술을 부려도 문드러질 마음이고 초췌해질 모습이라면 차라리 지금 그만두기로 했어. 내가 나의 감정도 온전히 감당하지 못하면서 무슨 짝사랑을 더 하겠다고. 나를 사랑하지 않는 사람에게 무엇을 고대했다는 게 얼마나 어리석었고 위험했으며 지나친 욕심이었는지 알게 되었어.

사랑을 사랑하는 일도, 미움을 미워하는 일도, 그리움을 그리워하는 일도 그만 멈춰야지. 이제 더는 나 자신이 다른 사람으로 인해서 아프지 않기를 바라니까. 나는 내가 세상에서 제일 소중하고 애틋하니까.

나는 끝내 무디어졌다.

중요한 사실

사랑의 끝에서 다정하게 좋아했던 시간이 얼마나 길었는지, 애틋하게 사랑했던 마음이 얼마나 깊었는지, 무책임하게 남겨진 감정이 얼마나 큰지가 중요한 게 아니야.

중요한 것은 그 사랑이 이미 끝났다는 사실 하나. 그 사람 덕분에 행복했던 날도 많았지만 그만큼 불행했던 날도 많았다는 사실 둘. 아무리 노력을 한다고 한들 예전으로 돌아갈 수 없다는 사실 셋. 이별의 끝에서 그동안의 모든 것들을 뒤로하고 돌아서야 한다는 사실 넷. 마지막으로 이 연애를 겪음으로써 더 성장하고 성숙해질 거라는 사실 다섯.

몹시 아플 거야. 어떤 날은 모든 것을 억세게 거부하고 그 사람에게 달려가고 싶은 마음이 들 수도 있고. 그러나 나는 너의 이번 이별이 다음 사랑을 생각해서라도 현명할 수 있기를 바라. 끝은 또 다른 시작이잖아. 더 좋은 사람이 나타날 거야. 그렇게 믿고 마음을 잘 추스를 수 있었으면 좋겠어.

나는 끝내 무디어졌다.

사랑한다는 말의 진정한 의미

　사랑한다는 말은 단순히 현재 너의 모습을 애정 어린 눈빛으로 바라보겠다는 뜻이 아니야. 그것은 당연한 전제로 하면서 네가 나 없이도 살아 냈던 모든 시간을 빈틈없이 안아 주고 앞으로 나와 함께할 시간에서 전처럼 또다시 혼자 힘들어하는 일이 없도록 내버려 두지 않겠다는 의미도 포함이야. 살다 보면 어려운 시간은 무조건 오게 되어 있어. 그러나 이제는 그 시간도 나와 함께 살아 내자. 어떤 시간이든 너의 하루에 변함없이 내가 있을게. 우리 행복해지자, 정말.

나는 너의 불안이 길지 않았으면 좋겠어

꼭 빛이 될 필요는 없어

이 세상에서 꼭 빛이 되려고 애쓸 필요는 없어. 내리는 비처럼 살아도 좋고, 부는 바람처럼 살아도 나쁘지 않고, 드리우는 그늘처럼 살아도 괜찮아. 삶에 있어서 정해진 정답은 없는 거니까. 겉으로 빛나지 않는다고 해서 너 자신을 별 볼 일 없다고 여기지 말아. 어떤 형태로 살아 내더라도 너의 가치에 대한 값을 매길 수 있는 사람은 세상 어디에도 없으니까.

그러니까 보이는 시선이 두렵고 들리는 말이 버거워도 꿋꿋하게 네가 원하는 인생을 살아. 부질없이 너를 책임지지도 못할 사람들에게 그 선택권을 넘겨주지 말고. 너는 반드시 네가 살아야 해. 자꾸 다른 사람들의 시선을 의식하면서 살면 정말 그 사람들의 말이 옳다는 걸 증명하는 셈이잖아. 비교하지 말고, 숨지도 말고, 자책하지도 말고, 스스로를 소중히 생각하며 너의 의지대로 너답게

지냈으면 좋겠다. 독특하지 않더라도 있는 그대로 어여쁘게만 살
았으면 해.

어린아이가 된대

누가 그랬는데, 사랑을 하면 다 큰 어른도 어린아이가 된대. 그래서 그랬을까. 너와의 열애에서 나는 걸핏하면 울었잖아. 잠시 돌이켜 보니 당시에는 울음이 필요했던 이유도 정말 다양했다. 그때는 뭐가 그렇게 서운해서 눈물이 헤펐을까.

한편으로는 네 앞에서 차오르는 눈물을 최대한 참았다면 어땠을까 하는 아쉬움도 남아 있어. 운다고 해서 해결되는 것은 그리 많이 없었던 것 같은데 너무 때를 썼던 것 같아서. 그만큼 너를 많이 좋아했고 사랑했다는 뜻으로 여기면 되려나. 만약 그 사랑을 지금 다시 시작한다면 그때보다 더 어른처럼 할 수 있었을까. 아무래도 나는 또 동네에서 모르는 사람이 없을 만큼의 울보가 되어 있었을 것 같긴 해.

그럴 일은 없겠지만 어느 날 갑자기 영화처럼 시간을 거슬러

나는 끝내 무디어졌다.

네가 나를 다시금 만나게 된다면 너의 앞에서 울고 있는 나를 꼭 안아 주라. 실은 네가 싫다거나 마음에 들지 않아서 그런 게 아니라 오히려 너에게 관심과 기대가 많은 아이라서 그런 거니까. 영 내키지 않더라도 좀 챙겨 주라. 그리고 마지막으로 너무 빨리 이별을 알려 주지는 말아 주라. 알려 주어야 할 때가 되더라도 조금만 천천히 설명해 주라. 내가 심히 놀라지 않도록, 그래서 우리 이별을 초연히 받아들일 수 있도록.

가끔은 그런 생각이 들어.
앞으로 일어날 일도 전혀 모른 채
해맑게 너를 사랑했던 날이 참 좋았었다고.

나는 너의 불안이 길지 않았으면 좋겠어

공허를 결정하는 것

혼자 있는 달이라고 해서 꼭 외로운 것도 아니고, 모여 있는 별이라고 해서 꼭 외롭지 않은 것도 아니야. 확실히 주변 상황을 무시할 수는 없겠지만 그것이 곧 모든 것을 결정짓지는 못하더라.

사람의 마음도 비슷해. 결국 너의 공허는 네가 결정하는 거야. 물론 너를 둘러싸고 있는 여러 복잡한 이해관계가 찬바람이 되어 이 새벽에 일겠지만, 그런 영향으로부터 흔들리지 않는 네가 되기를 바라.

가만히 생각해 보면 지금까지 마주친 어려움을 잘 이겨 냈던 너잖아. 간절히 소망했던 것들이 어긋나더라도 무조건 쓸쓸하고 허전하게만 여기지 말아. 천천히 둘러보면 아름다운 것들이 참 많은 세상이고 그곳에는 너를 차곡히 채우기에 어울리는 것들이 의외로 참 많아.

충분히 잊을 수 있어

한없이 감성적인 네가 이성적인 생각과 행동을 했을 때 얼마나 차가워질 수 있는지 그 사람은 전혀 몰랐을 거야. 네가 시작을 어려워해서 그렇지 한번 마음만 먹으면 가차 없는 사람이잖아. 그 정도의 사랑은 충분히 잊을 수 있어. 어여쁜 너의 인생을 고작 그런 사람을 잊는 데 오래도록 허비하지 말아. 시간이 지나 돌이켜 본 너의 오늘이 후회되지 않도록. 미래의 너에게 미안하지 않을 만큼만 아파하자. 과분하게 생각할 필요 없어. 그저 우연이 다시금 우연이 되었을 뿐이야.

나는 너의 불안이 길지 않았으면 좋겠어

보란 듯이 잘 살자

너 헤어졌다면서. 대강 이야기는 전해 들었어. 쉽지 않은 시간을 견디고 있을 텐데 밥은 잘 챙겨 먹고 있는 건지, 행여나 외로이 망가지고 있는 건 아닌지 걱정이 돼. 내가 다 속상하네. 글쎄 그 사람이 그랬다니 네가 상처받을 만했네. 나는 네가 그 사람 때문에 너무 위축되어 있지 않았으면 좋겠어. 안타까운 건 네가 아니라 너를 놓친 그 사람이잖아. 어딜 가서 너 같은 사람을 다시 만날 수 있겠어.

상심이 큰 탓에 과정이 순조롭지는 못하겠지만 네가 하루빨리 마음을 정리할 수 있었으면 해. 아무래도 집에 혼자 있는 것보다 사람을 만나는 게 도움이 되기는 하겠지만 그렇다고 매일같이 술자리를 갖지 않았으면 좋겠어. 그런 건 일시적으로 효과가 있을 뿐이고 너의 이별에 대단한 도움이 되지는 않을 거야. 이별이라는 게

나는 끝내 무디어졌다.

사귀었던 사람을 정리하면서 틈틈이 주변 사람들의 도움을 받을 수는 있어도 결국 당사자 스스로 해내야 하는 일이잖아. 오히려 잘된 일이라고 생각해. 진심이 더 짙은 색을 띠기 전에 멈출 수 있게 된 거니까. 세상에 이유 없이 벌어진 일은 없어. 너는 더 근사한 사람을 만나고 말 거야.

온전히 잊기 위해서 찾아온 아픔을 마다하지는 않더라도 억지로 지난 일을 곱씹으며 힘들어하지는 말아. 그저 보란 듯이 잘 살자. 그게 최고의 복수야. 그러니까 끼니 거르지 말고, 술 너무 많이 마시지 말고, 호기심에라도 담배는 가까이하지 말고, 운동으로 꾸준히 자기 관리를 하며 열심히 지내자. 그러다 보면 너는 차차 그 사람의 소식과 연락에도 크게 동요되지 않는 사람으로 거듭날 거야.

그러니까 다 끝난 일을 붙잡고 있을 시간이 있으면 이따가 나와. 밥 안 먹었지? 떡볶이 먹으러 가자. 내가 사 줄게.

혼자서 달라지기 어렵다면

지금까지 너는 너라는 습관으로 살아왔어. 연애를 할 때도 마찬가지이고. 그래서 무의식적으로 너만의 특정한 방식을 통해서 상대를 대했을 거야. 그게 지금 좋은지 나쁜지를 말하는 건 아니야. 누구에게나 자신만의 방법이 있는 거니까. 그렇지만 자꾸 사랑을 그르치고 이별마저 실패하니까 답답하고 속상했을 거야. 혼자서 노력도 했겠지만, 버릇은 쉬이 고쳐지지 않았겠지. 그게 사람이 잘 바뀌지 않는 이유이기도 하니까.

그러나 너무 우려하지 않아도 돼. 방법이 아예 없는 것은 아니니까. 네가 남의 말에 귀를 기울일 준비가 되어 있고 진정으로 기존의 모습에서 탈피하고 싶은 마음이며 전보다 더 나은 사랑과 이별을 하고 싶은데 당장 무엇부터 시작해야 할지 모르겠다면, 우선은 주변 사람들의 도움을 받았으면 좋겠어. 단, 너와는 다른 습관

나는 끝내 무디어졌다.

을 지닌 사람들의 조력이 필요해. 그 사람들에게 너의 이야기를 들려주면서 이런저런 대화를 주고받고 다양한 생각을 공유하면서 객관적으로 너라는 사람을 알아 가는 거야. 그동안 쓰고 있었던 색안경을 벗고서 가장 선명하고 투명하게 말이야. 그렇게 자신을 다른 사람의 관점으로 바라볼 기회가 많아질수록 너는 너라는 습관을 조금씩 고칠 수 있을 거야.

　타인을 통한 자기 자신의 객관화. 다른 시선에서 네가 어떤 부분이 아쉬운지 정확하게 알고 주된 문제가 무엇인지 명확하게 짚는 일. 변화하기 위해서 가장 중요한 과정이 아닐까.

하지 말아야 할 것

하나, 남하고 비교하지 말 것.

둘, 너무 많은 기대를 하지 말 것.

셋, 지나친 욕심을 부리지 말 것.

넷, 이런저런 핑계를 대지 말 것.

다섯, 스스로를 함부로 대하지 말 것.

세상에 변하지 않는 것이 있다면
그것은 너라는 사람의 소중함.

나는 끝내 무디어졌다.

노련한 사람이 되기를

어떻게 사는 게 늘 좋을 수만 있을까. 걱정은 크고 작은 모양으로 오늘 어딘가에도 있을 거고 내일, 모레, 글피에도 있을 텐데. 우리 긴장을 풀고 마음을 좀 이완해 주자. 너의 기분을 망치는 것들에 너무 많은 감정을 사로잡혀 오랜 시간을 할애하지 말자. 오늘은 딱 오늘의 걱정만 잘 해소하며 살아가면 되는 거야. 그런 하루가 꾸준히 모이면 노련함이 되고 그런 노련함은 너를 더욱더 강하고 단단하게 만들 테니까. 온종일 정처 없이 떠도는 것만 같은 심정이었을 텐데 하루의 끝에서 제법 잘 안착한 것 같아서 다행이야. 이 밤이 더는 어수선하지 않고 고요히 안온하기를 바라. 좋은 꿈을 꾸었으면 좋겠다. 잘 자.

나는 너의 불안이 길지 않았으면 좋겠어

내가 나에게

요새 많이 힘든 거 알아. 일과 인간관계를 비롯하여 세상을 나날이 살아 내면서 무엇 하나 쉬운 것이 없다고 느낄 거야. 한 살 한 살 이름 옆에 늘어 가는 숫자의 무게는 아직 이 여린 마음이 감당하기에 좀 무리인 부분이 있는 것 같기도 해. 이런 나의 모습을 남들이 보기에는 여전히 철없고 그저 감정적이며 같은 나이대의 친구들과 비교했을 때 한참 부족해 보일 수도 있어.

하지만 누가 뭐라고 해도 나는 이런 나의 모습이 좋아. 작은 일에도 웃음이 헤픈 내가 좋고, 때로는 울적한 마음에 혼자 울음을 터트리는 나도 좋아. 또 꿈을 향해 나름대로 열심히 나아가는 나도 좋고, 그러다가 운이 좋지 않았던 탓에 넘어져 무릎이 까진 나도 좋아.

그때 있잖아. 지금까지의 내 인생에서 가장 힘들었던 시기 말

나는 끝내 무디어졌다.

이야. 하필 나에게 찾아온 그 버거운 상황 때문에 혹시나 마음이 버티지 못해서 그만 내가 지나치게 어긋나거나 잘못된 결정을 할까 봐 주변에서 우려도 많이 했었잖아. 그런 아픔까지도 이겨 냈던 나야. 나는 남들보다 절대 모자라지도 않고 하찮지도 않아. 나는 내가 참 기특하고 대견해.

산다는 것은 어쩌면 어려운 일의 연속이잖아. 지금껏 아팠던 것보다 더 아픈 일이 찾아올 수도 있고. 그러나 나는 늘 그랬던 것처럼 결국 잘 이겨 낼 거야. 결코 쉽게 망가지고 무너질 사람이 아니니까. 그리고 나의 행복은 내가 제일 잘 알아. 틀림없이 전부 다 잘 풀릴 거야. 그렇게 되어 있어.

나는 내가 정말 행복했으면 좋겠어.
어디 가서든 기죽지 않았으면 좋겠고.
어떻게 해서든 밝게 지냈으면 좋겠어.

내려놓기

저마다의 속사정이 다양한 탓일까. 이 세상에는 이상한 사람들과 이해할 수 없는 상황들이 정말 많은 것 같아. 몸은 하나인데 마주하고 감당해야 할 것들은 참 비겁하기도 하지. 그래서 가끔은 원래 세상이 이런 거고 다들 이렇게 사는 건데 나만 유난스러운 건 아닌지 스스로를 의심했던 적도 있었을 거야.

하지만 소중한 이름아. 다행히 그런 건 아니더라고. 나도 너랑 같은 생각에 빠져 있었던 시기가 있었어. 그런데 더 많은 인연을 맺게 되고 더 다양한 일을 겪어 보니까 세상의 모든 사람과 상황이 지금 너를 힘들게 하는 것과 같지는 않더라고.

그러니까 네가 버텨 낼 수 없는 것들을 과감하게 버릴 수 있었으면 좋겠어. 살아가면서 잡을 줄 아는 것만큼 놓을 줄 아는 것도 중요하더라고. 너를 어렵게만 하는 대상과 이유를 적절한 시기에

나는 끝내 무디어졌다.

내려놓는 것. 이런저런 사람들 사이에서 얽혀 사는 우리에게 꼭 필요하지 않을까 싶어.

연연해 하지 말고 놓아 버리는 연습을 하자. 미련 없이 놓을 줄도 알아야 해. 질질 끌면 끌수록 지치게 되는 건 너일 테니까. 맺고 끊음이 분명하지 않고 우유부단하게 처세하다가는 결국 애매한 사람이 되고 말 거야. 그러니까 너를 난처하게 하는 것들 앞에서 단호하고 결단력 있는 모습을 보였으면 해. 그렇게 자기 자신을 지켰으면 좋겠어.

부디 너는 너에게 꼭 알맞고 어울리는 것들을 더 신경 쓰며 살아가려무나. 그렇게 해도 세상은 멀쩡하기만 하더라. 울적한 날씨보다 먹구름 뒤에 숨겨진 찬란한 해를 생각했으면 좋겠어.

때로는 다 내려놓아도 돼.
모르는 게 약일 때도 있는 것처럼
마음을 접는 것도 도움이 될 때가 있어.

지나가기를

열렬히 사랑했던 글자들이 지나가고 있어. 나는 어딘가 아쉬워 점점 멀어지는 것들을 담담하게 옮겨 적었어. 이렇게 하면 하루라도 더 늦출 수 있을 거 같아서. 텅 빈 마음속에 다시금 하나둘씩 쓰이는 것들. 눈에 익은 것들이지만 눈에서 흐르는 것들이기도 해.

나는 미래에서 온 사람이 아닌데 나의 앞날을 알고 있어. 그 시공간에서는 네가 더는 네가 아닌 탓에, 내가 더는 내가 아닌 탓에, 그래서 우리가 더 이상 우리가 아닌 탓에 아름다웠던 글자들이 하나씩 울상을 짓기 시작하네. 오래지 않아서 안에서 번지지 않는 것이 없어. 그래, 번지지 않을 수 있는 것이 없어.

너는 지나가고 있어. 이러다 영영 사라질까 봐, 그게 두려워서 다시 사랑도 해 보고 미워도 해 봤어. 애증이 깊어질수록 마음은 가난해지고 기억은 초라해지는 것 같아. 지나간다는 것은 결국 마

나는 끝내 무디어졌다.

음이 시간을 놓치고 있다는 것. 지금의 나는 우리가 살았던 시간을 조금씩 놓치고 있어. 그렇게 우리는 우리를 지나치고 있어.

늘 좋은 사람이 되려고 하지 마

우리는 감정을 가진 사람들인데 어떻게 매 순간 한결같이 잔잔할 수 있겠어. 아무리 생각해도 그건 말이 안 되지. 예민하면 짜증을 낼 수도 있고 화가 나면 욕도 할 수 있는 거지. 또 살다 보면 실수를 할 때도 있고 때로는 이랬다저랬다 변덕을 부릴 수도 있는 거지. 그래서 누군가에게 상처와 실망을 줄 수도 있는 거고 심란한 마음에 나쁜 생각을 할 수도 있는 거지. 다들 그렇게 사는 거지.

그러니 모두에게 언제나 좋은 사람으로 남아야 한다는 부담감을 떨쳐 버렸으면 좋겠어. 너는 자주 따뜻하고 정이 많은 사람이잖아. 그리고 몹시 나쁜 사람도 아니며 표현의 망설임을 아는 사람이잖아. 게다가 잘못을 인정할 줄 알고 용서를 구할 줄 아는 사람이잖아. 그러면 된 거야. 인간관계에서 항상 다정하고 착하게만 굴면 외려 그런 부분을 이용하려는 사람들이 무더기로 몰려들 거야. 나

나는 끝내 무더어졌다.

는 네가 그런 상황에 부닥쳐 있는 걸 못 봐. 필요하다면 가끔씩 성질도 부리면서 살아. 정말 가깝고 소중한 사이가 아니라면 너 자신에 대해서 전부 말하지도 말고 때때로 거짓말도 하면서 살아. 아니면 좀 재수가 없어 보이더라도 말을 아끼는 것 또한 괜찮은 방법일수 있겠다. 그래도 돼.

너는 세상에 하나밖에 없잖아. 그렇다면 너라는 존재에 대한 중요성을 강조하는 것은 두말할 나위가 없는 일인 거잖아. 아직 늦지 않았으니까, 이제부터라도 네가 지닌 가치를 아는 사람에게 웃음을 보이고 네가 짊어진 무게를 이해하는 사람에게 눈물을 보였으면 좋겠어. 그리고 너를 아껴 주는 사람에게 아낌없이 감사를 표하며 너의 가치를 폄하하려는 사람들과는 용감하게 싸우기도 하면서 살았으면 좋겠어. 하루하루를 그렇게 살아 내면 되는 거야.

나날이 잔잔한 호수가 아니라 간간이 격렬하게 몰아치기도 하고 부서지기도 하는 파도가 되자.

유난히도 아팠던 시간은
너를 더욱이 단단하게 만들 거야.
나는 네가 살아온 날들보다
살아갈 날들이 더 씩씩했으면 좋겠어.

여러 자국으로 이루어진 사람들

저마다의 마음에는 머물렀던 사람들이 남긴 자국이나 자취가 있어. 우리는 보통 그 흔적을 안고서 또 다른 사람을 대하잖아. 그런데 마음에 남겨진 것들은 아무리 숨기려고 해도 어떻게든 티가 나기 마련이거든. 그래서 나는 네가 사람을 만날 때 마음에 얼룩을 남길 수 있는 사람들은 되도록 피했으면 좋겠어. 언행으로 상처를 주고 심리적으로 고통을 주는 사람들 말이야.

실제로 이 세상에는 너의 마음에 멋들어진 그림을 그려 줄 수 있는 사람들이 참 많아. 그래서 말인데, 부디 네가 모난 곳 없이 둥글둥글하게 말을 하고 동그란 생각과 행동을 하는 사람들과 가까이 지낼 수 있기를 바라. 사람은 확실히 주변 사람들의 영향을 받으며 살아가잖아. 좋은 사람들과 어울리다 보면 너 또한 누군가의 마음에 하나의 예술 작품을 선물해 줄 수 있는 사람이 되어 있을 거야.

나는 끝내 무디어졌다.

너무 어렵게 생각하지 말고 우선 네가 마음 놓고 웃을 수 있는 사람들을 만나 보자. 그런 사람들 곁에서 미소가 자연스러운 사람으로 살아 보자. 진심으로 너의 마음에는 네가 뿌듯하게 여길 만한 흔적들이 차츰차츰 많아졌으면 좋겠어. 너무 걱정하지 마. 여실히 너는 좋은 사람이니까 좋은 사람들을 만나게 될 거야.

처음부터 완벽할 필요는 없어

어떤 만남을 시작하려는 단계에서 처음부터 모든 것이 완벽할 필요는 없어. 나는 네가 그런 중압감에서 해방될 수 있었으면 좋겠어. 오히려 그러려는 마음가짐은 큰 부담이 되어 잦은 실수를 유발할 거야. 마음이 무거우면 순조롭게 될 일도 망치기 쉬워지잖아. 그러니까 꼭 이 사람이 아니어도 된다는 생각으로 긴장을 풀고 상대에게 네가 어떤 사람인지 찬찬히 알려 줄 수 있기를 바라.

물론 사람을 볼 때 첫인상을 무시할 수는 없겠지만, 여러 번을 만나면서 우러나오는 그 사람의 인간성도 만만치 않게 중요하다고 생각해. 그런 부분에서 너는 최고잖아. 보면 볼수록 매력이 넘치는 사람이니까. 처음에 비해서 점점 실망스러운 모습을 보이는 것보다 만나면 만날수록 기대를 하게 만드는 것이 사람의 마음을 움직이기에 더 유리하다고 생각해. 자신감을 가지려무나. 너는 어떤 사람 옆에서도 아깝지 않은 존재이고 진정한 너를 알게 되면 아마 그 누구도 쉽게 빠져나오기 힘들 거야.

나는 너의 불안이 길지 않았으면 좋겠어

쌓아 두지 않기

우리의 마음에는 하루에도 수많은 감정이 생겨나곤 해. 그래서 챙겨야 할 것들만 챙기고 나머지는 과감히 버려야 하는데, 그러지 못하고 지저분한 감정까지 내면에 계속 쌓아 두게 되면 그것들이 이내 악취를 풍기고 말 거야. 너의 마음은 온갖 잔재를 버려두는 쓰레기통이 아니잖아. 꽃 한 송이라도 더 심어야 할 공간에 이건 아니지.

인생을 살다 보면 누구나 인정하지 못하는 상황이 있는 거고, 누구나 이해하지 못하는 입장이 있는 거야. 그러니 너에게 생겨나는 것들을 전부 소화하려고 하지 않았으면 좋겠어. 억지로 감당하려고 하면 마음도 체하고 말아. 마음이 얹히면 얼마나 고생하는데. 속이 상하면 안에 있는 이야기를 밖으로 꺼내는 일도 어려워지잖아. 사람 마음이라는 게 말하지 않으면 정확히 알 길이 없고 표현

나는 끝내 무디어졌다.

하지 않으면 오해하기 십상인데 네가 혼자서 원만히 해결하지도 못할 것들을 자꾸만 방치하게 되면 다른 사람과의 관계에서도 악영향을 미치게 될 거고, 곧 악순환에 빠지게 될 거야. 그래서 나는 네가 하루에 느꼈던 기분을 온통 담아두지 않았으면 좋겠어. 마음의 환기도 자주 하면서 지냈으면 해. 뭐든 오래 고이면 좋지 않으니까.

못된 사람이었는데 자꾸 생각난다면

사람은 정신적으로 힘들 때 믿고 싶은 것을 더 보려는 경향이 있어. 그래서 너의 지난 연애를 알고 있는 주변 지인들이 하나같이 입을 모아 최악이라고 말하는 사람을 너는 잠을 설쳐 가면서까지 아무도 모르게 추억하곤 했을 거야. 아마도 그 사람과 함께 보냈던 시간 중에서 유독 좋았던 시간이 두드러졌을 테지. 너를 너무나도 힘들게 했던 사람이었음에도, 그래서 네가 깊은 상처를 입고 많은 날을 울었음에도 보고 싶고 어딘가 애틋한 마음이 들었을 거야. 물론 나빴던 시간도 떠올랐겠지만 그게 그리운 마음을 멈출 정도의 힘은 가지지 못했을 거야. 마치 그때로 다시 돌아가면 달라질 수 있을 것 같고 다시 행복해질 수 있을 것만 같았을 테니까. 맞아, 예고도 없이 찾아와서 마음의 문을 두드리는 그 사람을 무슨 수로 막을 수 있겠어. 생각은 생각하지 않으려고 의식하는 순간 오히려 더 깊게 빠지는 늪과 같잖아.

이름아. 음, 조금 잔인한 말일 수도 있겠지만 나는 네가 그 사랑 때문에 더 아팠으면 좋겠어. 이별도 충분히 아프고 나서야 잘할 수 있는 일이더라. 매일 밤 너의 머릿속을 맴도는 그 사람의 발걸음을 구태여 만류하지 말아. 어차피 네가 할 수 있는 일도 아니니까.

그래도 이 글을 읽으며 언젠가 나아지기를 바라는 너에게 한 가지 건네고 싶은 말이 있다면, 너 자신과 진지하게 소통할 수 있는 기회를 자주 가졌으면 좋겠어. 벌어진 것들이나 느껴진 감정들에 대해서 진솔한 이야기를 나누는 거야. 종료된 관계의 끝에서 너 스스로가 어떤 부분을 받아들이지 못하고 있고 그리도 버거워하고 있는 이유가 무엇이며 앞으로 어떻게 하면 좋을지 고민을 해 보는 거야. 혹시나 대화의 진척이 없다면, 주변 사람들의 조언을 빌려 그 사람이 얼마나 못된 사람이었고 그로 인해 네가 어떤 시간을 살아야 했는지 그래서 왜 미련 없이 걸러야 하고 정리해야 하는지를 설명해 주는 것도 좋겠다.

분명 처음에는 그 사랑에 대해서 혼자 말을 주고받는 것이 거북하고 도대체 무슨 의미가 있나 싶을 수도 있어. 그렇지만 그러한 과정이 반복되고 대화의 돛이 바람을 만나게 되면 너는 너를 찾아오는 그 사람의 발걸음을 멈출 수 있게 될 거야.

너의 가슴에 대못을 박은 사람이었는데 지금 너도 네가 왜 이러는지 모를 수 있어. 어쩌면 자연스러운 거고 당연한 거야. 나도 그랬었거든. 나는 남김없이 잊기까지 1년 반이 넘는 시간이 걸렸어. 너는 나보다 빠를 수도 있고 느릴 수도 있겠지만 분명한 사실은 너도 나처럼 잊을 수 있다는 거야. 내가 약속할게.

인간관계는 넓히는 것보다 좁히는 것이 더 중요해. 너에게 정말 필요한 사람인지 다시금 생각해 봤으면 좋겠어. 그리고 네가 너를 이렇게까지 소모하면서 아파해야 하는지도.

나는 끝내 무디어졌다.

아파해야 할 때 아파야 해

누구에게나 무거운 하늘이 있고 생각만 해도 마음이 저리는 시절이 있어. 이것은 절대로 너에게만 해당하는 불행이 아니야. 너에게 이리도 좋지 않은 흐름을 단칼에 끊어 버릴 수 있는 힘이 남아 있다면 정말 다행이지만, 그렇지 못하다고 해서 암담한 현실로부터 좌절하거나 조급하게 나아지려고 무리하지 않아도 돼. 왜냐하면 너 헤어졌잖아. 손끝에 튀어나온 살을 떼어 내는 일도 그렇게 쓰린데 네가 살았던 시간을 덜어 내는 일은 얼마나 아플까.

그러나 시간을 쓰면 새살이 돋듯이 새로운 사람이 공허한 너의 마음을 채워 주는 날이 올 거야. 사람과 상황이 늘 나쁠 수는 없어. 끝끝내 익숙해지고 무디어지고 좋아질 거야. 그러니까 당장 너무 애쓰지 않아도 괜찮아. 그냥 달이 지면 해가 뜨고, 해가 지면 달이 뜨듯이 이상하거나 유별난 게 아니라고 생각했으면 좋겠어. 잠시 스치고 나면 다시 잔잔해지고 잠잠해질 거야.

비록 사람이 떠나갔다고 해서 기억마저 따라가는 건 아니더라. 분명 너의 마음 어딘가에 작은 조각으로 남아 있겠지. 그리고 그것을 대수롭지 않게 여길 수 있을 때까지는 일정한 시간이 지나야 해. 그러니까 우리 기다림이 필요한 일을 초조한 마음으로 재촉하지 말자. 아파해야 할 때 아파해야, 괜찮아도 될 때 괜찮을 수 있어.

천천히 나아져도 괜찮아. 정말 서두르지 않아도 돼. 담담한 마음으로 너의 시간을 충분히 아파했으면 좋겠어. 그러한 모든 순간들이 그저 의미 없는 노력으로 남지는 않을 테니.

나는 끝내 무디어졌다.

상처받은 사람에게 바라는 마음

하나, 경험의 끄트머리에서 내면은 무르익고 외면은 물오르기를.

둘, 나쁜 기억은 한순간 지워지고 좋은 기억은 매 순간 짙어지기를.

셋, 시간이 지나고 나면 아무것도 아닌 일에 위축되지 않기를.

넷, 지금의 시련이 스스로의 전부가 아님을 잊지 않기를.

다섯, 상대의 말과 행동을 감정의 주체로 삼지 않기를.

여섯, 함께 웃었던 곳에서 혼자 우는 일이 없기를.

일곱, 마음을 습관처럼 아파하지 않기를.

나는 네가 못된 사람 때문에
새벽을 지나치게 아파하지 않았으면 좋겠어.
그리고 너의 곁은 어떤 찰나에도
내내 남아 있을 사람들로 가득히 붐빌 수 있기를
이렇게 열심히 바라고 있어.

나는 너의 불안이 길지 않았으면 좋겠어

계절을 놓쳤어도 아쉬워하지 말아

지나간 봄을 아쉬워하지 말아. 꽃은 봄에만 피는 것이 아니잖아. 다음 계절에도, 다음다음 계절에도 어여쁜 모습으로 새로이 피어날 거야. 조바심을 버리려무나. 느긋이 준비하다 보면 반드시 알맞은 계절이 올 거야. 그 순간을 얌전히 기다리다가 때맞춰 만개하면 돼. 나는 너라는 씨앗이 지닌 무한한 가능성과 잠재력을 믿어.

계절 하나 놓쳤다고 사계가 끊기질 않는 것처럼, 바닷물 몇 번 떠냈다고 바다가 마르지 않는 것처럼 기회를 놓친 것 같아서 아쉬운 마음이라도 네가 빛날 순간은 어김없이 올 거야.

나는 끝내 무디어졌다.

오늘 할 일

하나, 나 응원하기.

둘, 밝은 생각하기.

셋, 해맑게 웃기.

넷, 밥 잘 챙겨 먹기.

다섯, 잠 잘 자기.

남들처럼 평범하게만 살아도 정말 좋을 텐데 그게 참 여의치 않지. 어쩌면 지금까지 살아온 시간을 모두 부정적으로 여기며 너 자신의 불운을 한탄했을 수도 있어.

하지만 이름아, 엄연히 말하자면 지금 너는 불행한 것이 아니라 행복해질 준비를 하는 거야. 그러니 네가 당장 시작할 수 있는 것부터 찬찬히 해 보자. 잘못된 부분은 바로잡고 부족한 부분은 보충하면 되는 거야. 마음처럼 되지 않는 일이 너무 많은 세상이지만 반대로 뜻밖에 벌어지는 기분 좋은 일도 참 다분한 세상이라 한숨만 쉬면서 속상해하고 있기에는 흘러가는 너의 시간이 너무 아쉬워.

어제와 내일의 눈치를 보지 말고 오늘은 열심히 오늘로써 즐겁게 지내보자. 그렇게 너의 행복을 마구 연습했으면 좋겠어. 우리 함부로 행복해지자.

나는 끝내 무디어졌다.

완연히 아름다운 시간을 살아

가끔은 그런 생각이 들곤 했어. 세상이 나를 아주 미워하고 있는 것 같다고. 그런 탓에 걱정과 불안이 날마다 늘어 가고 있고 두려움과 무기력함이 날로 쌓여 가고 있는 거라고. 그냥 나 자신을 살아 낸다는 일이 너무 버거웠어. 차라리 이 고통으로부터 무감각해질 정도로 자주 다쳐서 내성이 생기거나 극단적으로 아주 완벽히 무너져야 이 아픔이 끝날 것만 같았어.

그런데 여러 날을 지나고 보니까 아픔이라는 것은 수시로 겪는다고 해서 익숙해질 수 있는 게 아니었고, 좋은 사람들을 만나고 보니까 실제로 세상도 나를 미워하고 있지 않더라고. 이렇게 정체되어 있으면 안 된다고, 어서 일어나야 한다고 스스로 주문처럼 외우던 강박감이 그만 나로 하여금 세상을 나빠 보이게 만들었던 거야.

종종 우리는 저마다 우리가 물들어 있는 시공간을 우울이라는 색안경을 끼고 바라보는 시기가 있는 것 같아. 그리고 이것은 사람의 마음을 한없이 초라하게 만드는 것 같고. 왜, 마음에 여유가 없다면 세상은 각박하고 모진 공간이 되어 버리는 거고, 마음에 여유가 있다면 흔들리는 꽃잎에도 걸음을 멈춰 서서 그 시간을 사진으로 남기곤 하잖아. 그러니까 최근 어려운 상황에서 힘겨워하고 있는 너 자신에게 꼭 이런 말을 해 주었으면 좋겠어.

'그럴 수도 있고, 그렇게 있어도 괜찮다고.'

흔히들 인생은 마라톤이라고 하더라. 중간에 멈추지 않고 꾸준하게 달리면 결국 결승점에 도달할 수 있대. 그렇지만 그게 도대체 무슨 의미가 있을까 싶어. 다들 힘들어서 금방이라도 쓰러질 것 같은 표정을 하고서는 그 긴 거리를 달려오면서 조금만 고개를 들어도 볼 수 있는 아름다운 구름의 모양조차 기억하지 못하잖아.

나는 인생이 한 폭의 그림이라고 생각해. 그러니까 우리는 제각각 자신을 그려 나가는 화가인 셈이지. 그림은 단순히 빠르게만 그린다고 해서 좋은 게 아니잖아. 잘 그려지지 않을 때는 잠시 쉴 수도 있는 거고, 또 탄력을 받으면 밤샘 작업을 할 수도 있는 거라고 생각해. 그래서 나는 네가 삶에 대한 조바심을 버리고 여유를 가졌으면 좋겠어. 너만의 진도를 가지고 이곳저곳을 둘러보면서 순간을 간직하기도 하고 예상치 못한 곳에서 영감을 받기도 하면서, 때로는 지우기도 하고 덧칠하기도 하면서 너의 개성이 완연한 그림체로 아름다운 시간을 만들어 갔으면 좋겠어. 잊지 마, 너의 행복은 너에게 달려 있다는 것을.

세상은 너를 응원하고 있어

기분이 되게 심란했던 날이었어. 뭐가 맞는지도 모르겠고 어떻게 해야 할지도 모르겠더라. 그냥 막연히 답답하기만 했어. 금방이라도 왈칵 눈물이 쏟아질 것 같은 하루였어. 자꾸만 떨어지는 시선과 바닥에 끌리는 생각을 뒤로 터벅터벅 집으로 향하고 있는데 유달리 그날따라 좀 더 걷고 싶은 거야. 그래서 일부러 멀리 돌아서 집으로 가고 있었어. 혼자서 제법 걸었지.

하염없이 얼마나 걸었을까. 그러다 고개를 들었는데 우연히 건너편 다리와 가로등 사이로 내가 가장 좋아하는 하늘의 채도와 그에 어울리는 적당한 명암의 구름이 지친 내 눈망울에 비치는 거 있지. 아, 왠지 뭉클하더라. 사람에게 받았던 상처를 세상이 눈치껏 알아채고 이걸 보여 주려고 나를 이리로 이끌었구나 싶어서. 나는 이런 일이 있고 난 후부터 마음이 갑갑하면 자주 목적지 없는 길을

나는 끝내 무디어졌다.

나서곤 해.

만일에 너도 나처럼 이리저리 치여 속상한 하루를 보냈다면 그냥 걸어 봤으면 좋겠어. 혹시 알아, 세상이 너에게도 어여쁜 위로를 건넬지. 비록 내가 너의 이름이나 얼굴을 알지 못하지만, 이 글의 끝에 진심이 담긴 응원을 두고 갈게. 너무 상심하지 말아. 세상은 네가 기쁠 때나 슬플 때나 늘 너를 살피고 있고 최악의 상황까지 가도록 내버려 두지 않을 테니까. 분명 좋은 일이 생길 거야. 행운을 빌어.

응원 :)

그냥 걸어 보자

사랑이란 비록 서로 다른 보폭이지만 같은 속도로 걷는 일이 아닐까. 발걸음을 옮겨 보자. 그렇게 걷다가 보면 너의 빠르기에 알맞은 사람이 나타날 거야. 걱정하지 말아. 너는 지금 이 순간에도 오래도록 애틋하게 사랑할 사람과 한 걸음 한 걸음 가까워지는 중이니까.

느린 것이 꼭 늦은 것은 아니더라. 행여나 조금 느리면 어때. 그만큼 남들보다 더 짙은 감정으로 사랑하면 되는 거지. 너에게 상처를 남겼던 사람들이 너의 인생에서 전부가 아님을 잊지 않았으면 좋겠어. 너는 비교도 되지 않을 만큼 더 멋진 사람을 만나 너의 봄날을 나아가게 될 거야. 그러니 여유를 가지고 사뿐사뿐 걸어 보자. 좋은 소식이 있을 거야.

나는 끝내 무디어졌다.

인생에서 더 중요한 것들

하나, 말보다 행동.

둘, 속력보다 방향.

셋, 불평보다 감사.

넷, 질책보다 응원.

다섯, 시기보다 인정.

여섯, 오해보다 이해.

일곱, 가식보다 진심.

여덟, 자존심보다 자존감.

아홉, 이기심보다 이타심.

열, 돈보다 인연.

나는 네가 중요한 것들을
더 중요하게 여기는 근사한 사람이 되기를 바라.

나는 나의 불안이 길지 않았으면 좋겠어

마음 아픈 일은 꼭 한꺼번에 밀려오더라. 왜 하필 이런 일들은 늘 이런 식인지 이해를 할 수가 없어. 그래서 한번은 비극적인 하루의 도화선이 되었던 것들을 지독하게 원망하고 증오했던 적도 있었어. 하지만 이제는 알아. 애초에 불행은 나의 것이 아니라서 후련하게 놓아주어도 된다는 것을. 번번이 견디기 힘든 것을 간신히 견뎌 내고 받아들이기 어려운 것을 근근이 받아들이는 것만이 능사는 아니었던 거야.

나는 나의 불안이 길지 않기를 바라. 사람 때문에 다치지도, 사랑 때문에 아프지도, 상황 때문에 외롭지도, 감정 때문에 위태롭지도 않았으면 해. 부디 소중한 내 사람들과 모자람이 없이 애정을 주고받으며 우는 날보다 웃는 날이 훨씬 더 많기를. 그렇게 스스로 감당하기에 벅찬 기쁨과 행복 안에서 티 없이 맑은 나날을 안온하게 살 수 있었으면 좋겠어.

앞으로 또 무슨 일이 벌어지고 어떤 선택을 하든 나는 나를 묵묵히 응원할 테지만, 기왕이면 슬픈 일보다 기쁜 일이 더 자주 일어났으면 해. 처량하고 비참하게 남겨지는 일이 없도록 노력해야지. 언제나 나를 최우선으로 생각하고 아껴 줄 거야.

나는 여전히 내가 그냥 좀 잘 지내기를 바라고 있어. 단단하게 웃고 담담하게 울 수 있는 사람이 되어야지. 행복해질 거야. 아주 많이 행복해질 거야.

혹시 모르는 일이니까

너는 힘든 상황에서도 일단 웃으며 버티는 사람이잖아. 너의 역경을 말하기보다 주로 남의 넋두리를 들어 주는 역할이고, 아파도 아픈 것에 관대한 편이라서 마음이 찢어지고 해어져서 걱정스러운 상태일 때도 주변 사람들 앞에서는 자기가 잠시 유난스러웠다고 웃어넘겼던 적도 잦았을 거야. 막상 속이 문드러지고 있다는 것을 누구보다 잘 알고 있었으면서.

그래서 혹시 모를 너의 미소에 심심한 위로와 응원을 건네고 수시로 안부를 물어보고 싶은 마음이야. 매번 괜찮아 보이는 너라고 할지라도 전부 다 포기하고 싶은 날이 있었을 텐데 그런 시간을 어떻게 해서든 견뎌 냈고 또 버텨 냈던 거니까.

이런 너의 방법이 틀렸다거나 당장 바꾸라고 말하지는 않을게. 이건 너라는 사람의 유형인 거고 이때까지 살아온 방식일 테니까.

나는 끝내 무디어졌다.

그렇지만 나는 네가 최소한의 너를 위해서라도 지금까지와는 다소 다른 방법으로 자기 자신을 아낄 수 있었으면 좋겠어. 세상에는 아픔을 조금이라도 덜 아프게 다룰 수 있는 노하우가 참 많으니까.

사람이 인생을 살아 내면서 어떻게 힘들지 않을 수 있겠어. 그건 불가능에 가깝지. 하지만 네가 그 힘듦을 감당하면서 요령도 좀 피울 줄 알았으면 해. 곧이곧대로 감내하려고 하지 말고. 그렇다고 해서 급하게 변화하려고 무리하지 않아도 돼. 네가 준비될 때까지 곁에 있어 줄게. 천천히 해 보자.

이것만 기억해 주라. 힘들면 힘들다고 말해도 되고, 우울하면 우울하다고 말해도 되고, 아프면 아프다고 말해도 된다는 것을. 그동안 혼자서 정말 고생 많았어. 이제는 내가 너의 편이 되어 줄게. 지금까지 네가 외로이 해 오던 역할을 분담하기로 하자. 나한테도 좀 맡겨 주라.

단단한 생각들

하나, 단번에 완벽해지려고 하지 말고 번번이 나아지려고 할 것.

둘, 어제보다 마음에 드는 오늘을 살고

　　　다가오는 내일을 두려워하지 말 것.

셋, 상처는 쉽게 받지도 말고 가볍게 주지도 말 것.

넷, 매사에 부담을 느끼지 말고 부정은 과감히 밀쳐 낼 것.

다섯, 자신의 가치와 의미를 잃지도 잊지도 않을 것.

나를 연약하게 만들었던 것은
다름 아닌 자신감과 자존감을 잃은
나 자신이었던 거야.

나는 끝내 무디어졌다.

시간문제

나는 너의 미래를 믿어. 왜냐면 너라는 사람을 믿거든. 너무 우려하지 말아. 기죽지도 말고. 조금 휘청거리면 어때. 그래도 우리는 청춘인데.

분명 좋은 날의 연속일 거야. 비록 그때까지는 많은 발걸음이 필요할 테고, 때로는 한 발 한 발 내딛는 것이 죽도록 힘든 순간도 있겠지만 마침내 반갑게 마주할 시간에, 그날의 너는 온몸 한가득히 기쁨을 안은 채로 설레는 웃음꽃을 피워낼 거야.

설령 너무 답답한 날에는 너의 머리 위에 펼쳐진 밤하늘을 봐. 찬란한 모습으로 세상도 너를 묵묵히 응원하고 있을 테니까. 그곳에서 빛나는 것들이 꺼지지 않는 이상, 너에게 다가오고 있는 행운도 영영 끝나지 않을 거야. 그러니 머지않아 네가 누릴 행복을 포기하지 않았으면 좋겠어. 네가 행복해지는 건 지금부터 시간문제야. 이런 글을 읽고 있는 순간에도 가까워지고 있어.

아 참, 너의 밤하늘에는 어둠을 밝히는 달이 두 개였으면 좋겠어. 그래, 정말 말도 안 되는 소리지. 그렇지만 그 정도로 네가 행복하기를 바라는 마음이야.

시간은 약이 아니야

나도 너처럼 깨진 사랑의 파편이 되어 엉망이었던 날들이 있었어. 그도 그럴 것이 1년 반을 만났고 2년 가까이를 헤어졌으니까. 그 사람은 모를 거야. 아려 오는 마음을 부여잡고 그 사람이 만든 밤을 살아 내는 일이 어떤 감정을 필요로 하는지, 내가 혼자 그 시간에 갇혀서 얼마나 서럽게 울었는지.

열애의 끝에서 더는 나에게 조심스럽지도 않고 어떤 기대와 실망도 하지 않는 모습을 보니까 가슴이 철렁 내려앉더라. 그 사람은 말만 하지 않았지 온몸으로 이별을 표현하고 있었거든. 마치 내가 스스로 눈치채고 헤어짐을 선택하기를 바라는 몸짓이었어. 뭐랄까, 나의 마음에 불치병을 선고한 느낌이랄까.

다들 시간이 약이라고 하잖아. 오직 이 시기만 지나면 다 괜찮아지고 모든 게 없었던 일이 되는 것처럼. 그런데 나는 그렇게 생각하지 않아. 세상에는 단순히 시간만으로 해결할 수 없는 이별이 참 많더라고. 시간은 그저 처방전일 뿐이었어. 그리고 다름 아닌 마음가짐이 약이었고. 사람이 처방전만 받는다고 해서 괜찮아질 수 있는 것은 아니잖아. 그러니까 마음을 단단히 먹을 수 있는 네가 되었으면 좋겠어. 더 나아가서 내적으로 건강해질 수 있는 일에 부지런했으면 해. 그런 일에 게으름을 피우다 보면 보나 마나 마음은 다시 나약해질 테니까.

여러 노력을 하다 보면 어김없이 너에게도 이별이라는 게 무뎌질 수 있는 날이 올 거야. 서둘러 괜찮지 못해도 괜찮아. 생각보다 더뎌도 상관없고. 너를 찾아온 마음의 겨울은 무슨 일이 있어도 지나가게 되어 있어. 그리고 그 시간의 바깥에서 새로운 봄이 다가와 너에게 편안함을 묻거든, 귀한 너의 이름으로 또렷하게 대답하려무나.

제주도를 다녀와야겠어

가만히 생각해 보니까 이별하고 나서 한동안 나 자신에게 너무 소홀했던 것 같아. 오롯이 나만을 위해 썼던 시간이 없더라고. 그래서 문득 요즘 내가 너무 무미건조한 삶을 살고 있다고 느껴졌어. 세상에는 입고 싶은 옷도 많고, 먹고 싶은 음식도 많고, 가고 싶은 장소도 많은데 이런 세상을 제대로 즐기지 못하고 있는 나 자신을 보면서 반성을 하게 되더라고.

물론 너는 나의 전부였지만 언제까지 너를 아파하고 슬퍼하며 있을 수는 없잖아. 내가 이토록 암담하게 지낸다고 해서 네가 알아주는 것도 아니고. 쉽지는 않겠지만 이제부터라도 너보다 나를 더 생각하려고 해. 여기저기 아름다운 모든 것들을 사랑하면서 찬찬히 좋아지려고. 혼자여도 괜찮다는 마음으로 내가 행복해지기 위한 일을 조금도 망설이지 않을 생각이야.

퇴근길에 저번부터 고민했던 옷을 몇 벌 주문하고, 근사한 호텔을 예약했어. 이번에 휴가를 내서 제주도를 다녀오려고. 혼자 가는 여행이라 좀 떨리기도 하지만 나름대로 의미가 있을 거라고 생각해. 새 옷을 입고 가서 맛있는 음식도 배불리 먹고 그림 같은 사진도 여러 장 찍고 와야지. 나 정말 행복해질 거야.

이번 여행을 새로운 기회로 삼아야겠어. 그래서 주기적으로 이곳저곳을 다녀 보는 것도 좋겠다. 다음에는 교토도 괜찮을 것 같아. 비록 아직은 서투른 게 많지만 나 자신을 재촉하지 않고 차근차근 미소를 지어야지. 체하지 않게 네가 남긴 어둠을 서서히 먹어 치워야지. 내가 마음을 먹었는데 하지 못할 건 또 뭐야. 음, 그나저나 준비해야 할 것이 더 남았나.

아, 맞다. 비행기표.

나는 끝내 무디어졌다.

콜드브루

너랑 헤어지고 나는 혼자서 카페를 거의 매일 다녔어. 작가가 되겠다는 마음 하나 가지고서 글을 쓴다고. 갈 때마다 항상 카라멜 마키아또를 마셨어. 사실 별로 그렇게까지 단 커피를 좋아하는 사람이 아니었지만, 네가 좋아한다고 해서 따라 마시다 보니 너보다 더 자주 마시게 된 것 같아.

누가 그러더라. 사람은 미각으로 좋았던 순간을 기억하곤 한다고. 그러고 보니 나도 그랬던 것 같아. 그냥 저 커피를 마시고 있으면 웃고 있는 너의 모습이 어렴풋하게 생각나곤 했으니까. 잠시나마 네가 내 곁에 있는 것만 같은 기분이 들었어. 그때는 그렇게라도 지내는 게 최선이었나 봐.

그런데 지금은 아니야. 너는 모르겠지만, 어쩌면 궁금하지도 않을 테지만 나 이제 그 커피 안 마셔. 우연히 추천을 받아서 콜드

브루를 마시게 되었는데 이게 내 입맛에 훨씬 잘 맞더라. 앞으로도 이 음료를 주로 마실 것 같아. 그리고 이 맛을 기억하며 살아갈 것 같아.

비록 카페에 들렀을 때 메뉴판에서 어렵지 않게 너와의 추억이 담긴 그 커피와 눈이 마주칠 수 있겠지. 게다가 운이 좋지 않은 날이면 그 일곱 글자에 또다시 마음이 먹먹해질지도 몰라. 그래도 웬만해서는 그 커피를 찾지 않으려고 해. 우리가 서로를 다시 찾아서는 안 되는 것처럼.

어느새 마감 시간이 다 되었나 봐. 슬슬 짐 정리를 해야겠다. 별일이 없다면 내일도 이 자리에 앉아 문이 닫힐 때까지 글을 쓰겠지. 이제 나에게 너무 익숙해졌어. 이런 일상, 이런 감정 그리고 너의 공백.

아, 있잖아. 내가 나중에 우리 이야기를 적은 책을 내고 네가 서점에서 이 글을 알아보게 되면 그냥 '그땐 그랬지' 하며 작은 미소 한번 남겨 주라. 따뜻했던 그 손으로 이제는 문장이 되어 버린 우리를 어루만져 주어도 괜찮겠다. 나도 그맘때는 어디선가 카라멜 마키아또 한 잔을 마시고 있을게. 그냥 그날만큼은.

마지막 말처럼

나는 이제 너의 부재에도 곧잘 익숙해진 것 같아. 밤을 뒤척이는 날도 줄었고 밥도 잘 챙겨 먹어. 또 술도 많이 줄였고 아른거리던 너의 잔상도 뜸해졌어. 모든 게 차차 제자리를 찾고 있는 것 같아. 너는 괜찮으려나. 하긴, 이별에 단련된 사람처럼 나를 떠나간 너였으니까.

나는 일곱 번의 계절을 너를 정리하느라 쓸쓸히 보냈어. 그동안 헤아릴 수 없이 아프기도 했지만 그만큼 외롭기도 했었나 봐. 사람 소리가 그립더라. 아직 조심스럽지만 이제 나도 새로운 사람을 만나 보려고 해. 그런데 소개를 받는 건 나랑 맞지 않아서 어제는 친한 친구와 한껏 차려입고 번화가에서 시간을 보냈어. 혹시나 누군가가 운명처럼 나타날까 해서.

그러고 보니 우리도 그랬었네. 영화나 드라마에서나 나올 법한 장면처럼 만났던 우리였잖아. 그리고 긴 시간 동안 너는 나에게 좋은 사람이었지. 그때 나는 네가 정말 마지막 사랑인 줄 알았어. 그래서인지 당분간 내가 누구를 다시 만나도 좋은 사람의 기준은 예전의 너일 것 같아.

누가 그랬었지. 좋았다면 추억이고 나빴다면 경험이라고. 비록 우리의 마지막은 경험이었지만, 그래도 너는 나에게 있어서 추억에 더 가까웠던 사람이었어. 늦었지만 고마웠어. 그리고 네가 지금 만나는 사람과는 더 예쁜 사랑을 했으면 좋겠어. 다만, 같은 하늘 아래에서 다른 사람과 살아갈 너와 내가 지난날의 우리를 너무 미워하지 않았으면 좋겠어. 그 시절은 서로에게 좋았던 시간으로 남겨졌으면 해.

바라건대 네가 나에게 건넸던 마지막 말처럼 정말 잘 지내. 우리가 함께 웃었던 시간만큼이나. 정말 안녕.

나는 끝내 무디어졌다.

우리가 했던 사랑

도대체 우리가 뭐라고 얼마나 유별나고 대단한 사랑을 했겠어. 그저 남들도 다 하다가 마는 것을 했던 거지. 그렇지만 너는 내가 가장 아끼는 후회야. 내가 가장 아끼는 미련이고. 음, 보고 싶지는 않지만 그리운 사람이랄까. 다시 만나고 싶지는 않지만 정말 가끔 내 꿈에 나왔으면 하는, 뭐 그런 거.

애썼다

제법 길었던 시간이었네. 좋았던 순간도 많았고 나빴던 찰나도 많았지만, 이제는 내가 나를 진심으로 위로할 수 있을 것 같아. 조금 아쉽고 안타까운 마음이 하나도 남아 있지 않다고 말하면 그것은 새빨간 거짓말이겠지만, 멀어지는 것들과 자연스레 멀어지기로 다짐했어. 시간은 나의 힘으로 되돌릴 수 없고 우리는 이미 그 시간을 나쁘고 아프게 살아 버렸으니까. 이제 정말 이별이야. 그동안 애썼어. 그리고 고생했어. 오랜 시간의 나, 오랜 시간의 밤. 나의 마음아, 안간힘을 쓰며 붙들고 있었던 것들을 비로소 내려놓았으니, 이제는 부디 편안해져라.

나는 끝내 무디어졌다.

이별을 받아들인다는 것

일어나 이부자리를 정리하고 씩씩하게 하루를 살아 낼 준비를 하는 것. 멍하니 슬픔에 빠지지 않고 밝은 생각을 하는 것. 스스로가 있어야 할 자리에서 열심히 존재하는 것. 외로움을 채우기 위해 아무에게나 함부로 마음을 주지 않는 것. 땀이 날 정도로 운동을 하고 좋은 것들을 보고 들으며 몸과 마음을 단련하는 것. 혼자 식사를 하더라도 잘 챙겨 먹는 것. 술이나 담배 따위에 의존하지 않는 것. 순간의 감정에 치우쳐 허튼 연락을 보내지 않는 것. 잠자리에 들기 전에 스스로에게 격려의 말 한마디를 건네는 것. 그렇게 최선을 다해서 잘 지내는 것.

이별을 수용한다는 것은 이런 게 아닐까. 찾아온 냉정한 현실을 담담히 견뎌 내는 것. 슬픔의 반대쪽으로 씩씩하게 걸음을 이어 나가는 것. 나는 네가 틀림없이 잘 이겨 낼 거라고 믿어 의심치 않아.

생각해 보면 감사한 것들

하나, 어디 크게 아픈 곳 없이 지금 건강한 것.

둘, 별문제 없이 보통의 삶을 살고 있는 것.

셋, 어려울 때 도와줄 사람이 있다는 것.

넷, 행복이 멀리 있지 않음을 알게 된 것.

다섯, 스스로를 아낄 수 있는 마음을 가지게 된 것.

작은 것들에 감사하는 마음을 가지면
지금 너의 존재가 얼마나 기적인지 알게 돼.

나는 끝내 무디어졌다.

에필로그

우리는 사랑해서 편안하기도 하고 불안하기도 하다. 그리고 저마다 아무리 닳아도 끝끝내 아주 사라지지 않는 사람과 상황을 내면 어딘가에 품고 살아간다.

나는 이 책을 통해서 늘어놓은 진심이 당신에게 용기가 되었기를 바란다. 힘겨운 모든 것들로부터 잠시 도망칠 용기여도 좋고, 그것들 앞에 당당히 맞설 용기여도 좋다. 무엇이든 상관없다.

가장 중요한 것은 당신의 안온이다. 남겨진 마음이 너무 아프지 않았으면 좋겠고, 소리 없이 소란스러운 밤이 너무 심란하지 않았으면 좋겠다. 행여나 혼자서 감당할 수 없는 감정이 두렵기만 하고 수많은 것들이 무너져 다시 일어날 엄두가 나지 않더라도 자책하거나 걱정하지 않았으면 좋겠다. 어느 누구에게나 헤어지는 일은 익숙하지 않으니까. 그리고 마지막에는 당신의 불안도 다 지나갈 테고 더 나아질 테니까.

우리는 사랑하지 않을 수 없는 사람들. 아직은 어설픈 부분이 수두룩하지만, 끝끝내 남부럽지 않은 날이 올 거라고.

나는 너의 불안이 길지 않았으면 좋겠어

개정판 발행 | 2023년 08월 23일
5쇄 발행 | 2024년 05월 30일

글 | 윤글
표지 | 유수빈 (@ssu_binne)

펴낸곳 | Deep&Wide
발행인 | 신하영 이현중
도서기획 | 신하영 이현중
편집 | 신하영 이현중
마케팅 | 신하영 이현중 윤석표
주소 | 서울특별시 마포구 성미산로1길 21 사울빌딩 302호
이메일 | deepwidethink@naver.com
ISBN | 979-11-91369-44-1

ⓒ 윤글 2024

저희는 책에 관한 아이디어나 조언 그리고 원고 투고를 언제나 기다리고 있습니다.
deepwidethink@naver.com으로 당신의 아이디어를 보내주시고
출간의 꿈을 이루어 보시길 바랍니다.

당신도 멋진 작가가 될 수 있습니다.